平安岛

枫岭●著

一次海难，让彩云姑娘和一个刚出世的宝宝阴错阳差地在荒芜人际、天水合一的岛上生活着。十年里，『妈妈』彩云和平安爱生活、爱自然，与大自然的生灵营造了一个人、兽、飞禽共和的国度。

黄河出版传媒集团
阳光出版社

图书在版编目（CIP）数据

平安岛 / 枫岭著. -- 银川：阳光出版社, 2019.1
ISBN 978-7-5525-4721-4

Ⅰ. ①平… Ⅱ. ①枫… Ⅲ. ①中篇小说－中国－当代
Ⅳ. ①I247.5

中国版本图书馆CIP数据核字(2019)第015521号

平安岛　　枫岭　著

责任编辑　徐文佳
装帧设计　赵　倩
责任印制　岳建宁

黄河出版传媒集团
阳光出版社　出版发行

地　　址　宁夏银川市北京东路139号出版大厦（750001）
网　　址　http：//www.ygchbs.com
网上书店　http：//shop129132959.taobao.com
电子信箱　yangguangchubanshe@163.com
邮购电话　0951-5014139
经　　销　全国新华书店
印刷装订　宁夏凤鸣彩印广告有限公司
印刷委托书号　（宁）0012154

开　　本　889mm × 1194mm　1/16
印　　张　11.5
字　　数　125千字
版　　次　2019年5月第1版
印　　次　2019年5月第1次印刷
书　　号　ISBN 978-7-5525-4721-4
定　　价　29.80元

目　录

CONTENTS

目 录

CONTENTS

第一章 取名字

QU MINGZI

一

蓝蓝的天，蓝蓝的水，白白的云朵。

一个美丽的秋日里，在浩瀚无际的太平洋上，一艘名为“灰鲨号”的海轮在航行。它是从北美洲的西海岸驶向亚洲东海岸的远洋客轮。“灰鲨号”上的乘客有世界好多国家不同肤色的人，他们漂洋过海，有的探亲访友，有的出外谋生求发展。

在这许多人中，有一对年轻的中国夫妇。丈夫的名字叫张少阳，妻子叫李思华，夫妻二人长期侨居国外，虽然生活充实富足，但他们常常思念祖国，怀念家乡的父母亲友。

如今，李思华怀了小宝宝，近期就要分娩了。夫妻二人都想让宝宝在自己的祖国出世。于是，两人满怀着即将为人父母的喜悦，乘坐“灰鲨号”，专程赶往中国的东方明珠市，因为宝宝的爷爷奶奶、外公外婆都在那里居住。

“灰鲨号”一路冲波逐浪，在海上航行了数日。这天，驶进了太平洋的中心海域。虽然已是初秋季节，但仍骄阳似火，天气格外潮湿闷热。

傍晚，乘客们陆续来到甲板上赏海、纳凉、聊天。此时太阳将落未逝，悬挂在西边天际，已失去了白天灼人的光芒，就像一枚红腻腻的硕大无比的咸鸭蛋黄。

二

海风微微吹拂，海水轻轻荡漾，风平浪静的大海是那么美好而迷人。

张少阳、李思华凭栏远眺，突然李思华向水天相连、云霞灿烂的远方一指，惊讶地叫起来，说："你瞧，那儿有座城市，多像东方明珠市呀！"张少阳想也没想，就顺着她手指的方向望过去，急切地说："在哪儿？在哪儿？我怎么没看见？"李思华"咯咯"地笑着说："你没看见？那就是没有呗！今天又不是愚人节，你就当真信啦？"

张少阳这才知道上了当。他笑着，抱住李思华的双肩说："你真坏，我还以为出现了海市蜃楼呢！"两人正说笑着，李思华一低头，看见自己脖子上挂着的那只小玉虎，洁白晶莹，玲珑剔透，十分可爱。她不由得用手轻轻抚摸着自己的大肚子，说："我属虎，孩子也属虎，虎妈妈生个虎孩子，等咱们的宝宝出世后，就叫他'虎子'吧！"张少阳笑着，说："'虎子'只能当小名，大名叫'虎子'总是不雅。你看这大海多美，依我说，咱们干脆给宝宝取个与海有关的名字吧！"李思华说："这个主意不错，那叫什么呢？

我看就叫‘海波’吧！你看这汪洋大海，水波涌动的气势多壮观呀！”张少阳说：“叫‘海涛’也挺好，你听这涛声阵阵，多悦耳动听！”

“叫‘海燕’也不错。”有个姑娘含笑说。说话的原来是一位身材苗条、眉清目秀、十分漂亮的中国姑娘。这位姑娘叫彩云，是美洲一所著名大学理学院的硕士毕业生。只见她身穿白色连衣裙，头束天蓝色发带，白皙的颈项上搭着一条淡蓝色的纱巾。恰有一阵海风吹过，她沐风而立，长发飞扬，衣袂飘动，更显出一副风华正茂的模样。在船上她和李思华邻铺，数日以来，彼此已经相当熟悉，也非常能谈得来。这时，彩云伸手指着正在天空中翱翔的海燕，说：“你们瞧，这海燕飞翔的样子，多么矫健啊！”

“要我说给孩子起个‘商海’的名字最好，最有意义。”一个声音插进来。大家看时，只见说话的人个子不高，微胖，留着一抹短黑的胡须。他头戴一顶牙白色麻绸宽边凉礼帽，身穿一套牙白色上等丝绸衣裤，右手摇着一把制作精美的象牙折扇，左手握着一根十分考究的黑梨木手杖。在手杖的弯扶处，特别醒目地镶着一枚色彩艳丽、晶莹饱满的祖母绿宝石。这人傲然用手杖向茫茫大海一指，说：“这大海如商海，起伏跌宕，一波压过一波，一浪胜似一浪，如物流奔涌，像财源滚动。如果取这个吉祥的名字，孩子长大后经商，一定会步步为营，节节胜券。”

“为什么要经商？依我说叫‘儒海’更好！”一位身材瘦小白发白须的老者不满地说，“孩子长大了，未必一定要经商，如果能以书海为伍，笔墨为戈，做学问，当教授，当科学家，或许会比做商人更好。”

那商人不屑一顾，看也没看老者一眼。他转过身去，吩咐站在他身后的随从，说：“阿毛啊！去，拿两支冰淇淋过来！”阿毛刚一转身，他又在后面补充说：“一支奶油的，一支巧克力的！”阿毛答应着去了。商人这才笑眯眯地冲着老者说：“老人家，你大概不知道吧？一个好商人一笔生意下来挣的钱，也许比一个教授一辈子挣的钱都要多。”老者不以为然地说：“那又怎么样？那又能说明什么？商人有几个不是唯利是图的！有钱就能说明你高尚？”商人说：“我也不知道什么叫‘高尚’，我只知道一日三餐，谁也不能少！孩子叫‘商海’，长大了，纳金汇银，给爹娘挣个金山回来，我就不相信当爹娘的不高兴？”老者说：“孩子叫‘儒海’，长大后是个文曲星，著书立说，即便挣不来金山，做父母的也会十分欣慰。”

瞧着商人和老者争辩得认真，彩云便做起了和事佬，笑着说：“算了，算了。两位先生都别争啦！咱们谁说的都不算，孩子叫什么名字，最有发言权的是孩子的妈妈。”“对，对，对！”商人笑嘻嘻地迎合道：“这位小姐说得有理，还是让准妈妈给孩子起个名字吧！”

众人都把目光集中到了李思华身上。李思华文雅白净的面庞微微一红，不好意思地笑笑，说：“我呀，我可不敢对宝宝有什么奢望。我只想着，他一生能健健康康，顺顺当当，我就心满意足了。至于他将来长大干什么，有没有出息，我都不在乎！要我给他取名字，如果还以海为前提，我想人们都爱祝福亲人、朋友一帆风顺，那就让宝宝叫‘一帆’吧！”“嗨，好名字！”商人赞不绝口地说，“好听，顺口，意义也非同凡响，非同凡响！”

彩云有些感动地说：“如果宝宝能听懂这席话，他一定更加热爱自己的妈妈了。您这话我听着，简直再熟悉不过了！我小的时候，我母亲也常常这么对我说。我父母就我这么一个孩子，尽管我们家乡的人比较守旧，可是，我的父母却十分呵护我，关爱我，始终让我在一个宽松自由的环境里成长。每当想起这些，我就感到特别幸福，也就更加敬爱自己的父母啦！”张少阳握住李思华的手，说：“我太太说出了我的心里话。‘一帆’的确是个不错的名字！”“唉！”老者一声叹息，低声自语：“可怜天下父母心！”

三

这时，阿毛送来了两支冰淇淋。商人接在手里，毕恭毕敬地送到彩云面前一支。他满脸堆笑地说：“小姐，您一定最爱吃巧克力的，请您赏光！”彩云略一迟疑，接过冰淇淋，一转手送到李思华面前，微笑着说：“夫人，这东西既降温又营养。我想，在场的所有人中只有您最需要。请您赏光！”

李思华一笑，毫不客气地接在手里，说：“恭敬不如从命，那我就不客气了。”李思华除去冰淇淋的包装，笑眯眯地嘬了一口冰淇淋，连声称赞：“好吃，好吃。”她冲彩云笑着说：“又甜，又凉，又解渴，谢谢你啦！”彩云笑着，连忙摇手说：“可别谢我，我是借花献佛，你还是谢谢这位先生吧！”商人满脸堆笑说：“不客气，不客气。应该的，应该的。”他说着一拍胸脯，又说：“得，今天我请客！”说罢，转脸吩咐站在一旁垂手侍立的阿毛 ，说：

“阿毛啊，去，再来几支冰淇淋！”

阿毛一面点头答应，说：“是，老爷！”一面又问，“不知老爷叫买几支来？请老爷说个准数。”商人白了阿毛一眼，说：“蠢货！你不识数呀！”商人环顾众人，目光落在老者身上，略一犹豫说：“一人一支！有几个人就买几支！这还用问吗？”阿毛躬身答应着，一溜小跑地去了。

商人一边有滋有味地吃着冰淇淋，一边又对老者说：“老先生，话不能那么说，什么叫唯利是图？各位今天漂洋过海，有几个不是为了谋生的？金钱就是财富！一个人如果连饭都吃不起，他能吃上冰淇淋吗？如果连冰淇淋都吃不起，他又怎么能高尚得起来呢？”“哼！”老者一脸鄙夷，十分气愤地说：“商人之说，商人之说！”彩云细眉微蹙，说：“要说财富嘛，严格说来，金钱是财富，智慧和知识也是财富。”

“还是这位姑娘说得对。”老者好像遇到了知音。他恢复了平静，说话也稍微和气了，但他还是坚持，说：“光有钱，没有蒸汽机，这轮船能在大海里航行吗？我们又怎么能站在这甲板上？哪里还谈得上漂洋过海嘛！”商人却毫不相让地讥讽说：“老先生乘船大概没花钱吧？那一定是船老板请你白吃、白睡、白坐船喽！”“你……”老者涨红了脸，哆嗦着嘴唇，被噎得一句话也说不出来了。

这时，沉默多时的张少阳出来圆场，说：“各行各业都很重要，关键是你的处世态度。没有钱不行，没有钱寸步难行。可是，没有智慧和知识，就没有人类的文明和进步；没有智慧和知识，就没有创造；没有创造，人类或许永远都要停留在茹毛饮血、刀

耕火种的阶段。钱本身就是一种智慧和知识的体现，是商品的货币化产物。钱多是好事，但有了钱只是吃、喝、玩、乐，甚至依仗有钱，财大气粗，光做坏事，不做好事，那倒不如没钱的好！”

正在一旁吃冰淇淋的李思华，马上支持丈夫的意见，当即接话：“对，对，对！此话不错，事情就应该两面说！大家同行是缘分，应该同舟共济……”她话没落音，阿毛拿着一纸袋冰淇淋走了过来。阿毛送给商人一支，商人正好头一支刚吃完，他把手中的冰淇淋棍顺手扔进海里，接了过去。阿毛送一支给彩云，彩云接在手里。她眼睛看着冰淇淋，笑对阿毛说：“好，多谢啦！”商人献媚地笑着，连连点头，说：“赏光，赏光。小姐不必客气！”阿毛送给李思华，李思华晃晃手中未吃完的冰淇淋，说：“谢谢！不要了，我这支还没吃完呢！”阿毛赔着小心地看了一眼商人，毕恭毕敬地对李思华说：“夫人，您还是拿着吧！我是按人头买的，您要不吃，一会儿就化啦！”李思华还在迟疑，彩云笑着说：“让你拿着，你就拿着吧！权当刚才那支是替宝宝吃的，这一支是为你自己吃的。”商人马上附和道：“对，对，对！小姐高见！无论大人小孩儿，人人有份，人人有份。”

李思华红着脸，接过阿毛递过来的冰淇淋，腼腆地对商人说：“不好意思，谢谢了，先生。”商人咧开嘴，“嘿嘿”一笑，说：“不客气，不客气！”阿毛送过李思华，又送了张少阳一支。他最后来到老者身旁，老者倒背着手正在眺望大海。阿毛卑恭地说：“老先生，这一支是您的，请您笑纳。”老者回头瞄了一眼阿毛，冷着脸，硬生生地说：“免了！我不好吃这东西！”阿毛不解老者不受嗟来之意，只当老者当真不爱吃冰淇淋。他弯了弯腰，恳切地说：“天热，这东西凉甜解暑，很好吃的。老先生，您不妨尝尝吧！”

老者转过身来，瞧见阿毛拿着冰淇淋不知所措的样子。他略一沉吟，口吻和缓了许多，对阿毛说：“那好，这支冰淇淋算我转送你了。你吃吧！”“我？”阿毛惊讶地抬起头，迷茫地望着老者，说：“老先生，我不明白您的意思。”老者一笑，说：“这有什么不明白的？这支冰淇淋是你的了，你快吃了吧！”说罢，又转身面向大海。阿毛抹了一把脸上的汗，流露出掩饰不住的笑容。他连连弯腰，冲老者的后背不住声地说：“谢谢老先生，谢谢老先生！”

阿毛退身走到一边，正要吃那支颇有诱惑力的冰淇淋，只见商人阴沉着脸，叫了一声：“阿毛……”阿毛连忙拿着去掉包装的冰淇淋，疾步送到商人面前，毕恭毕敬地说：“老爷，我为您剥好了，请您慢用！”商人把第二支还没吃完的冰淇淋，一抬手抛进大海，接过了阿毛送上来的冰淇淋。他对着这第三只冰淇淋，咬了一口，品着滋味咽下去，嘴里喷着白气，说：“呵，真好吃，真是咬一口甜掉牙哟！”众人闻言，沉默不语。彩云和李思华交换了一下眼神，两人都感到冰淇淋像变了味儿似的，只觉咽也不好，吐也不是。

恰在这时，播音室里传出播音员庄严沉重的声音：“各位旅客请注意！各位旅客请注意！接气象预报：今夜到明天，西太平洋中心海域将有台风通过！请大家做好充分准备，请大家做好充分准备……”

四

听说要来台风，蓦然间，甲板上变得鸦雀无声。短暂的寂静之后，甲板上掀起一片骚动和混乱。人们在惊慌、惆怅、议论、抱怨的同时，再举目观望，只见刚才还是天上彩云飞渡、海中红霞逐流的美丽景色，不知什么时候，已消失得无影无踪了。眼前的海和天都变得灰暗而阴沉，甚至显出了几分苍凉，几分凄旷。人们的脸上失去了笑容，空气立刻变得紧张起来。

特别是李思华。她脸色变得十分苍白，神情格外紧张。她情绪激动，忐忑不安地带着哭腔连声说："天哪！这可怎么办？这可怎么办？真要刮起台风，简直太可怕了！这前水后浪的，到哪里去找个立足的地方？这可如何是好？"张少阳握起她的手，安慰地说："亲爱的，别害怕！总会有办法的！"

这时候，有一个吃着大杏仁的白胖女人说："我想，我们应该建议马上靠岸！"一位中年男人，用五根手指梳理着头发，说："废话！这是个最聪明，也是最愚蠢的建议！"有个青年男人说："说得容易，那岸在你手里提着呢？"中年男人说："这岸要是想靠就能靠，那台风还有什么可怕的？这里一片汪洋，前不挨村，后不着店，到哪里靠岸去？"那白胖女人说："这么说，咱们就坐着等死？只等着喂鱼喂虾去吗？"张少阳微微一皱眉，说："有台风来，也未必一定要喂鱼虾呀。靠不上岸，能靠个小岛也行！至少可以暂避一时！"彩云附和道："对呀，避一时，是一时，要能先靠上个小岛就好啦！"商人说："我想，我们应该找船长要主意去！"众人一致赞成商人的意见。于是，人们像潮水似的朝船舱涌去，转眼间，甲板上只剩下老者。他望着烟波弥漫的大海，自言自语道："少安勿躁。既来之，则安之。"

第二章 新生儿

XIN SHENG ER

一

老船长杰克逊是个白种人。他有一个特别显著的大鼻子，一脸半黄半白的络腮胡子，一头和胡子一样黄白参半的头发。他操着洪钟一样浑厚的声音，对团团围在他身边的乘客们说："女士们，先生们，大家静一静！"乘客们立刻安静下来。老船长继续说："我很理解大家的心情！寻找海岛暂时抛锚也好，飞速前进逃出台风区也好，总之，我会全心全意为乘客着想。我发誓，我一定和大家同甘共苦！我已经向岸上发出了求救信号，让我们齐心协力战胜可能到来的灾难吧！大家说好不好？""好，好。听船长的！""船长经验丰富！""船长快想想办法吧！""我们的命可都交给你啦！"众人七嘴八舌地喊起来。老船长有些激动地说："愿上帝保佑我们！但愿我们好运！可是，凡事也要往坏处想，往好处努力。我们地处中心海域，必须做好最坏的打算。待会儿我给大家发救生圈，希望大家做好险境下的充分准备！"

救生圈很快发到了每个人手里。为了加强救生圈的功效，有人吹起气枕头，有人吹起气褥子。彩云吹起了十只彩色小气球。这是她准备当礼物，送给孩子们的。现在，她把这些气球一个个地吹起来，只吹得像一朵朵花蕾那么大，一律扎好系紧，分别绑在了救生圈上。她那只粉红色救生圈，被装扮得宛如一只美丽的小花船。

老者在一旁看见了，连连摇头，叹息着："这管什么用！风浪一打，还不是全烂了。"彩云一笑，辩解道："不会的。您瞧，我把它们吹的才有花骨朵那么大。再说了，我还会游泳呢。我仰面睡在水面上坚持几个小时不成问题。我只当这些小花苞是个醒目的求救标志罢了！"老者说："瞧瞧我这个吧！"说着，他拿过自己的樟木箱子，打开箱盖，向上一提，往下一扣，把箱子里的东西全倒了出来。他说："我这把老骨头，经不起折腾。把它和救生圈绑在一起，到时候我往里面一坐，

任凭风吹浪打，一切听天由命！”老者说着，拿起一把小水果刀，准备在箱子盖上挖几个小小的通风孔。

张少阳和李思华只有两个旅行包，他们没有任何可以浮水的东西。李思华看着分发的两只救生圈，发愁地说：“咱们只有靠这两只救生圈救命啦！”李思华感到十分恐慌和不安，她沮丧地抱怨着：“咱们怎么这么倒霉！多少年不回一次家，好不容易回趟家，偏偏赶上要刮台风！”张少阳拥着妻子，安慰说：“天有不测风云嘛！亲爱的，你也别太担忧！天气预报也不是百分之百的准确。或许我们好运气，这一切只不过是一场虚惊而已！”李思华无可奈何地说：“但愿，但愿，但愿如此！”船舱里一片忙乱，所有的人都怀着一种惶恐不安的心情，倒是商人，一副临阵不乱的样子。他吩咐阿毛打点行囊物品，自己却不慌不忙出船舱去了。

二

经过一阵紧张的忙活，人们总算逐渐安静下来。这时候大家才开始吃晚饭。多数人一边吃着面包、饼干，喝着咖啡，一边想着心事。张少阳如嚼蜡一样嚼着一块甜点。只有胖女人，她仍然津津有味地吃着一块牛肉馅饼。

李思华忧心忡忡，什么也不想吃。她觉得格外疲倦，只喝了两口酸奶，就想躺到床上休息。哪知刚一挨床，肚子就突然开始疼起来。接下来，更是一阵疼似一阵。李思华知道自己就要分娩了。她对张少阳说：“哎哟……坏了，宝宝大概要出世了。宝宝恐怕要出世了！”张少阳一听慌了神，忙说：“不会吧？离预产期还早着呢！”他嘴里这么说，看见妻子那么难受，心里马上想着：“应该赶快找位医生，应该赶快找位医生！”他转身冲着船舱里的人们焦急地大声喊道：“请问哪位先生、女士是医生？我妻子就要生孩子了，请来帮帮她！”全船舱的人，你看看我，我看看你，没有一个应声的。胖女人说：“医生？看样子是没有。但是接生也不一定非要医生。无论谁，只要会接生就行嘛！”张少阳连忙点着头，说：“对，对，对。这位女士说得对。请问哪位先生、女士会接生？”船舱里仍无一人应声。这时，李思华的肚子一阵比一阵疼，疼得浑身战栗，脸色发白，汗水像下雨似的涔涔流淌着。张少阳束手无策地围着妻子团团转，他十分焦虑地连声说：“这可怎么办，这可怎么办？”

在场的所有人都向这对夫妻投去同情的目光。可是，大家都不会接生，谁也没有办法。船舱里特别寂静，除了李思华痛苦的呻吟声，人们可以清楚地听到轮船前进时冲击海水的声音。

张少阳垂头丧气地守候在李思华身边，看着妻子痛苦的样子，他急得双手捧着头，直揪自己的头发。张少阳非常后悔，他深深地责怪自己：“我真是没事找事，千不该万不该，不该带着怀孕的妻子漂洋过海。孩子在哪里出生不一样？我简直鬼迷心窍，为什么非要孩子出生在自己的祖国呢？如今倒好，如果妻子和孩子有个三长两短，自己也用不着怕什么台风了，干脆一头扎进这大海里死了算了！”

正在他心急如焚的时候，一个清脆而响亮的声音传过来：“我来试试吧！”

说话的是彩云。众人惊异地注视着这位年轻的姑娘，只听彩云平静地说：“我不是医生，也没接过生。可是，在家乡的时候，我看见过接生小羊羔……”没等她把话说完，船舱里立刻骚动起来。胖女人说：“别开玩笑了，人怎么能和羊一样嘛！”商人说：“人命关天。小姐，你要三思而后行呀！”老者却主张说：“都是哺乳动物，人羊同理，我看可以。”彩云姑娘脸上漾起两朵红云，她面带羞涩，十分认真地说：“瓜熟蒂落，生孩子是产妇自己的事。人类的祖先分娩，哪儿来的医生？我不过尽自己的努力，帮帮产妇而已！有人帮助和没人帮助毕竟不一样。大家说，是不是？”“是！”“对！”“有道理！”人们不约而同地表示赞同。张少阳激动地对着彩云一揖到地，连声说：“谢谢，谢谢，谢谢小姐！”彩云说：“你不用谢我，咱们有言在先，万一有什么好歹，你别报怨记恨我，我也就知足了！”

情况紧急，不允许有丝毫拖延。彩云当即从自己的行囊里拿出一条崭新的花床单。她一面吩咐张少阳赶快去准备热水、剪刀，一面用花床单把李思华的床围了起来，将产妇和外界暂时隔离开来。

三

时间一分一秒地过去了。大家虽然非亲非故，但此时此刻，人们同样都怀着一颗焦虑、期待和祈盼的心。张少阳更是坐立不安，围着花床单转来转去。女人生孩子是常事，可是在这么多人的关注下生孩子，毕竟不多见。

“哇——哇——”婴儿响亮的啼哭声，终于从花床单围着的那个小世界里传了出来。众人这才轻轻舒了一口气。只见无论什么肤色的人，脸上都洋溢着快慰、激动、喜悦的表情。彩云把裹在襁褓里的婴儿递出花床单，对众人说："大家瞧瞧吧，这还是个白生生、嫩呼呼的小美男子呢！"她吩咐焦急地等在"花墙"外面的张少阳说："去吧！让宝宝和大家见个面……"张少阳不容分说，夺过孩子，高高举过头顶，满脸泛着红光，欢快地大声叫道:"我有儿子啦！我有儿子啦！快看呀,你们看看我的儿子！"船舱里立刻沸腾起来！胖女人说："傻小子，把孩子给我抱抱！你快去看看你妻子吧！"一句话提醒了张少阳。他把孩子往胖女人的怀里一塞，转身跑进了花床单后的那个世界里。他太激动，太兴奋了，一个不小心，一脚踩到救生圈上，差点栽个大跟头。

胖女人立即成了人们的中心，众人把她围得水泄不通，许多双眼睛一齐注视着她怀里的小宝宝。只见小宝宝黑头发，黑眼睛，红扑扑的脸蛋，粉嘟嘟的小嘴。他扭动着身子，眨巴眨巴眼睛，一张嘴打了个哈欠，一副大梦初醒的样子，一副憨态可掬的神态，显得格外可爱。有人说："长得像他爸爸！"有人说："我看更像他妈妈！"又有人说："又像爸爸，又像妈妈。"还有人说："眼睛像爸爸，鼻子像妈妈！"不知是谁，发现了宝宝左手手心里长有一块深红色的，形如一只小苹果的胎记。众人更是哗然大噪起来， 纷纷说："宝宝是个小福星！""借他的吉祥，咱们会一帆风顺的！""他手握红苹果，预示一生都会吉祥和顺，我们就托他的福吧！"张少阳和极度虚弱、疲惫的李思华听后，都觉得特别欣慰，两人相视而笑。张少阳握着妻子的手，深情地注视着她，说："亲爱的，你真棒！你塑造出这么漂亮一个宝贝，这么可爱

的一个小人儿！”人们都沉浸在欢乐愉快的气氛中，不管是黄种人、白种人、黑种人……人们一样地喜欢这个新生儿。不分种族，没有国界！

全船的人都为宝宝的到来感到高兴。有人送来了奶粉，有人送来了鸡蛋，有人送来了巧克力、咖啡，就连商人也跑过来向张少阳表示祝贺。他让阿毛送上了他当样品用的，两套非常漂亮的婴儿服。

老船长命令厨师做了一个又大又漂亮的蛋糕，送过来给宝宝当生日礼物。面对众人的深情厚谊，李思华感动得直流眼泪。张少阳说“谢谢”都快把唾沫说干了。

张少阳按全船的人数，把蛋糕分成了一小块儿一小块儿的。他还特意给彩云姑娘切了一块稍微大点儿的蛋糕，恭敬地把蛋糕送到每个人手里，说：“请大家赏光，和我们全家人共享快乐和幸福吧！”他还对彩云说：“再次谢谢您，您是我们全家的大恩人！”

人们仿佛忘记了即将到来的，可能威胁大家生命财产安全的台风，共同度过了一个愉快喜庆的夜晚。

第三章 危难时刻

WEINAN SHIKE

一

“灰鲨号”一路疾行，沿途却没有寻到一个可以停靠的岛屿。除了那些黄眼睛一样闪烁的航灯，海天之间似乎只有一艘孤独的“灰鲨号”。大海和天空一样的漆黑，一样的寂静，一样的空旷无际。

夜半时分，船舱里那些兴奋多时的人们终于平静了下来。胖女人打个哈欠，说：“睡吧，睡吧，我看这台风不会来啦！”彩云收拾着自己的床铺，说：“谢天谢地，但愿宝宝给大家带来好运！”中年男人说：“也可能不会来了，天气预报的准确率只有百分之五十。”已经躺在床上的商人不满地抱怨着：“还不睡！快别说嘴了，台风不来也被你们招来啦！”老者却说：“当来则来，不当来则不来，来不来不在说不说。”“哼！古董！迂腐！”商人低声咕哝着，一伸手拉被单蒙住了头。

仍有几个人你一言我一语，有一搭没一搭地说着话。困倦像条小懒蛇似的，悄悄爬上人们的心头，多数人已经进入了朦胧的梦乡。

就在这时，海面上突然暴风骤起，天空中闪电飞舞，响雷像擂天鼓一般，在“灰鲨号”上空滚来滚去。台风携着豪雨，卷着巨浪，一路疯狂地咆哮着，以排山倒海之势降临。刹那间，吼风、怒海、惊涛、恶浪、旋涡、激流，把“灰鲨号”一会儿抛到浪尖上，一会儿推到深渊里。船舱里一片混乱，乘客们被折腾得东倒西歪，几乎完全失去了自控能力。

正在睡觉的彩云被从床上抛到地板上；中年男人尽管已在地板上躺着，仍被晃的滚来滚去；老者紧紧抱住床腿，坐在地板上；张少阳一手抓住床铺柱，一手揽着李思华母子，靠床帮坐在地板上，一家三口偎依在一起。身体极其虚弱的李思华被颠晃的头晕恶心，她干哕得冷汗淋淋，五脏六腑都快吐出来了，却仍然紧紧抱着小宝宝。满船舱一片狼藉，人人狼狈不堪，唯有小宝宝任凭天翻地覆，他也沉睡不醒。

胖女人席地挤进一片行囊的夹缝里，颤抖着身子，十分虔诚地祈祷着：“上帝保佑，上帝保佑！千万别翻船，千万别翻船！”青年男人背靠壁板坐着，绝望地仰望着天花板，说：“完了，完了。插翅难逃，这回可真是插翅难逃啦！”中年男人由地上坐起来，用手胡乱地理理头发，叹息着：“瞧这光景，凶多吉少，只怕凶多吉少啦！”商人满面厌恶地，凶巴巴地怒斥道：“不许说不吉利的话，你们这些乌鸦嘴！”……

二

然而，不幸的事到底还是发生了。“灰鲨号”被巨浪抛上去，又跌下来时，船底撞在礁石上，烂了一个大窟窿，海水立即涌进了船舱。只一转眼间，海水已淹没了众人的脚面。于是，惊呼声，尖叫声，哭喊声，抱怨声，满船舱的人瞬间惊恐万状。

李思华哀哀地哭起来。她一边哭，一边说：“可怜的宝宝，我死了没关系，你爸爸也不怕死！可是，你可怎么办？你才刚刚出生，你还不知道世界是什么样子，你这么幼小。哦，可怜的宝宝，你可怎么办？！”张少阳捶胸顿足地说：“老天爷，让我去死吧！求求您，放过他们母子吧！”李思华痛苦而坚决地说：“不！让我们一起去死！只求老天爷放过宝宝一个人！”她说着，向着窗外风雨交加的夜空，泪流满面地祈求道：“老天爷呀！求求你了，求求你保佑保佑我们的孩子吧！你让我们大人喂鱼喂鳖，我们都无怨言，只求你放过我们的孩子吧！”

可怜的人们，在身临绝境的情况下，在走投无路的时候，就连平时不相信神灵的人，这时也都纷纷祈祷起来。李思华抹着泪对张少阳说：“宝宝的名字就叫平安吧！咱只求宝宝逢凶化吉，遇难呈祥，一生能平平安安就够啦！”彩云在一旁说：“我看这个名字不错，既好听，又吉祥。”张少阳看着正在襁褓中沉睡的宝宝，当即点头依允了。

这时，老船长来到了船舱里。他放开嗓子大声对众人说：“各位，不要惊慌！到必要的时候，请大家把救生圈套在身上，最好用绳子一类的东西把它固定在自己的腋下。但是，要记住，绝不能影响胳膊和腿的行动！”

提到救生圈，张少阳这才发现自己的救生圈已经完全瘪成了两张皮儿。原来是他那一脚踩下去，鞋钉挂烂了救生圈。这下，全家三口人只剩下一只救生圈，张少阳顿时急出了一头汗。他匆忙走到老船长面前，焦急地说：“船长先生，我的救生圈破了。”老船长稍微一怔，急忙说：“别慌，别慌。我来想办法！”说罢，转身去了。不久，他又回来了。他把一只救生圈送到张少阳面前，说：“给，你用我这只吧！”张少阳迟疑地说：“那……你……”老船长一笑，诙谐地说：“先生，请照看好你的小娃娃。至于我嘛，您放心吧！我是一条鲨鱼！”

说话间，船舱里的水已经淹没了膝盖。老船长冲大家喊道：“各位，听着，我们现在必须走出船舱，到甲板上去……”他话没说完，人们就七嘴八舌地议论起来。胖女人说：“外面风雨那么大，怎么能站住人呀！”中年男人焦躁不安地用手理了一下头发，说：“海浪那么高，还不把人卷走？”青年男人说：“完了，完了。死定了，看来咱是死定啦！”老者说：“听天由命吧，天要灭人，到哪里都是一个死！”彩云说：“我看咱们还是听老船长的话，到甲板上去吧！事到如今，只好捱一时，是一时啦！”老船长说：“这位小姐说的对！捱一时是一时！请大家不要惊慌，该跳水时就跳水！这个时候我们要有勇气，要敢于拼搏，要树立战胜惊涛骇浪的决心，坚持到风雨之后，坚持到天亮，也许我们就会获得新生！”所有的乘客都注视着老船长。只听老船长继续说：“请大家不要乱，携带好救生圈！现在，我们排着队一个一个往外走。小姐，请您走在前面！”老船长对彩云说。彩云带着她的“小花船”，带头走出了船舱；老者提着他那只绑着救生圈的樟木箱子，也跟了出去；胖女人带着救生圈，提着一大袋大杏仁，尾随其后；中年男人指天骂地，跟在其中；李思华抱着小平安，张少阳护着他们母子……人们鱼贯般地陆续来到了甲板上。当青年男人和老船长最后离开船舱时，船舱里的水已经没胸深了。

无际的大海，无尽的黑夜。一声又一声的炸雷，一条又一条火龙似的闪电。狂风暴雨携带着恶浪，带着刺耳的尖啸，铺天盖地地压了过来，拍击得人们站立不稳，难以喘息。更可怕的是“灰鲨号”正逐渐下沉。甲板上极度混乱，数百人哭天喊地，东跌西撞，有人已经不幸被甩进了大海里。

张少阳脱下上衣搭在李思华身上。李思华扯衣俯身，为怀里的孩子遮挡着风雨和海浪。她不断地，绝望地，声嘶力竭地哭喊着：“老天呀！你为什么这么狠心，为什么这样惩罚我们？！”“老天爷，求求您，求求您，饶了我们吧！”就在这时，她耳边响起了一个低沉的声音，说：“夫人，请您跟我来！”李思华一看，正是杰克逊船长。杰克逊船长对李思华说：“现在，我送你们一家人上救生艇。”李思华又悲、又喜、又意外，也顾不上说感谢的话，就抱着平安，拉一下张少阳，跟着老船长向船尾走去。碰巧老船长的话被胖女人听见了，她追在后面大声喊着说：“带上我，我也要上救生艇！”她这一喊不要紧，中年男人、青年男人、还有船上众多乘客，都向船尾跑去，大家纷纷抢着要上救生艇。众人你挤我拥，有人被挤下了船，有人被踩在了脚下。老船长和张少阳两个人，在前面保护着李思华母子，好不容易来到了“灰鲨号”尾部的甲板上。可是大家全愣住了，因为救生艇上已经有了两个人。这两人一见蜂拥而至的众人，立刻启动了马达。只见救生艇飞箭一般地冲开汹涌的浪涛，越过一个旋涡，跃上一个浪峰，眨眼间，就不见了。

原来商人早在听说有台风的时候，就已经和开救生艇的海员马丁谈好了条件。他以重金买通了马丁，救生艇随时为他所用。在这性命攸关的时刻，他和马丁抛弃了所有的人。商人仅仅带上了他装钱的手提包，连他的男佣阿毛也没带。

所有的人都向救生艇消失的方向挥起拳头。众人呐喊，诅咒，漫骂，老船长愤怒地用自己的国语高喊道：“马丁，你不如狗！”

三

风雨一阵比一阵疯狂，海浪一波比一波凶险，“灰鲨号”向海底越沉越深，甲板上也已经难以存身了。这时，老船长流着眼泪，哀伤地对众人说：“我对不起大家，愿大家逢凶化吉，苦尽甘来！”说罢，他纵身跳进了大海。于是，抱褥子的，抱枕头的，许多绝望的人们挎着救生圈，纷纷效仿老船长，也先后投进了大海。突然一个滔天飞浪打来，只见胖女人，中年男人，青年男人，在海水里一晃，只一瞬间，就没了踪影。

李思华把平安的小脸贴在自己的脸颊上，痛苦地泣不成声。她悲哀地说：“可怜的孩子，你真命苦呀！你这么弱小，这么可爱！咱们才做了一天母子，就要同归于尽啦！妈妈不甘心，妈妈真是不甘心呀！”她说着，禁不住号啕大哭起来。张少阳搂住他们母子，也忍不住地痛哭流涕。也许是心灵感应，也许是血肉亲情的自然融汇，一直安静沉睡的小平安，突然放开喉咙“哇哇”大哭起来。

“情况危急，哭有什么用！你们快把宝宝放进这只箱子里吧！”一个深沉的声音传过来。李思华和张少阳闻声抬头一看，却是老者站在他们面前。一道灼目刺眼的闪电，刚好从老者身上掠过，只见雨水和着海水，顺着他那白头发、白胡须哗哗地流淌着，湿漉漉的衣服紧紧裹着他那干瘦的身体，只有那双深深下陷的眼睛，依旧还是那么炯炯有神。老者面色苍白，口吻坚定地催促道：“快，快，快把宝宝放进这只箱子里吧！”李思华略一迟疑，惊讶地，哽哽咽咽地说：“老伯，那你……”不容李思华把话说完，老者惨然一笑，说：“自古人生谁无死？如今我已七十有余，尝遍人世间的酸甜苦辣，临死前若能拯救一个新生命，将是我一生中最大的快乐！”他说着，把绑着救生圈的樟木箱子，推到了张少阳手里。没等张少阳、李思华说出一句感谢的话，就见老者往后一退，身子一矮，就缩进怒涛里不见了。“老先生！老先生！”李思华和张少阳不约而同地朝着老者溺水的地方失声呼唤……

“还不赶快抓牢箱子，当心给海水冲跑啦！”又一个声音在李思华、张少阳耳边响起。两人定睛瞧时，竟是彩云。彩云一边帮他们夫妇扶牢箱子，一边流着眼泪说：“老先生是位可歌可泣的人。只要我们活着，就不会忘记他，不会忘记这只樟木箱子。咱们还是成全他老人家，赶快把孩子放进箱子里吧，再晚只怕来不及了！”李思华稍一踌躇，万分不舍地看着怀中的小平安，可是她马上意识到，在当前险恶的环境里，毫无疑问，这只箱子是孩子最好的去处。李思华痛惜地亲了亲怀中啼哭不止的宝宝，从自己脖子上取下那只小玉虎，挂在了宝宝的脖子上。然后她一咬牙，把小平安放进了箱子里。他们关锁好箱子，彩云用自己的纱巾当绳子，把救生圈和箱子，又往一起加固了一下。仓促中，她又急匆匆地从自己的救生圈上解下两只红气球，系在宝宝的救生圈上。宝宝仿佛知道自己到了一个安全的地方，立刻停止了啼哭。

“灰鲨号”在继续下沉，它已经无法成为人们的支撑。众人的身子在救生圈的帮助下，不由自主地浮了起来。李思华、张少阳和彩云共同拥着樟木箱子，在大海里击水搏浪，被抛得时左时右，忽高忽低。突然又一个恶浪打过来，樟木箱子倏地从他们手里滑了出去。“平安！平安……”三人高声呼唤着，拼了命地追过去。可是，哪里追赶得上？眼看箱子从浪尖上跌进深渊里，忽

悠悠地在旋涡里打了几个旋儿，立刻不见了。

“平安！平安……”李思华声嘶力竭地哭喊着：“老天呀！还我儿……”可是，她一句话没喊完，接连又是几个大浪打了过来。只一瞬间，李思华、张少阳、彩云三人就被冲得各奔东西了……

黑沉沉的天空，黑压压的大海。风雨在怒吼，海水在咆哮。台风残忍地吞噬了“灰鲨号”，掠走了“灰鲨号”上的所有成员。

第四章 美丽的海岛

MEILI DE HAIDAO

一

风停了。雨住了。天也亮了。

清晨，大海显得格外安详平静。一轮红日颤颤悠悠地越过海平线一跃而出。金色的涟漪推涌着白色浪花，像一朵朵圣洁可爱的雪莲花似的，在海面上此起彼伏地荡漾着。

晨曦中，在湿漉漉的沙滩上，躺着一位身穿白色连衣裙的美丽姑娘。她的长发如黑丝一般，又黑又亮；她的肌肤如凝脂一样，光滑细腻而白嫩。她的腋下挎着一只粉红色的救生圈。救生圈上那些红、黄、绿、蓝的彩色小气球，依偎在她的脸庞和胸前，就像五颜六色的花朵，簇拥着一位美丽可爱的花仙子。她就是“灰鲨号”上的彩云姑娘。昨天夜里，她被那场一想起来就使人不寒而栗的暴风雨，被那极端疯狂暴虐的滔天巨浪，抛到了这片沙滩上。

一群海鸥正在海边的浅水滩里寻觅食物。它们心满意足地吃饱了，要歇息的时候，偶然发现了彩云。海鸥小心翼翼地迈着踌躇的碎步，探究似的来到彩云身边，诧异不安地瞧着她。几只雀儿在空中飞来飞去，它们欢快地鸣叫着，就像合奏着一支迎宾曲。有一只雀儿低空轻捷地趱了几圈儿，一拍双翅，俏皮地落在了彩云身上。其他的雀儿也大着胆子跟了下来，它们在彩云胸前跳跃着，欢叫着，终于唤醒了这位沉睡着的来客。

彩云睁开惺忪困倦的眼睛，温暖炫目的阳光，刺得她眼花缭乱。她手搭凉棚遮挡太阳，无意间惊飞了雀儿和海鸥。只听“哧哧愣愣”响起一片飞翔声，彩云着实吓了一大跳。她惊愕地坐了起来，当她发现自己坐在海滩上的时候，不禁有点儿恍如隔世的感觉。彩云望着烟波浩渺的大海，和空旷疏寂的沙滩，努力地回忆着……

“我没有死？”彩云迷迷茫茫地低头瞧瞧自己，下意识地活动一下酸软困倦的四肢，情不自禁地喃喃自语道：“我竟然还活着？我竟然没有死？”彩云太意外、太激动了！她只觉得恍恍惚惚，好像在梦中似的。她想奔跑，想呐喊。她挣扎着站起来，可是刚刚向前迈了两步，就晃晃悠悠又摔倒了。彩云鼻子一酸，索性趴在潮湿的沙滩上。她抓起一把湿漉漉的泥沙端详着，不由自主地又哭又笑。她泪流满面，反反复复地絮叨着：“我还活着，我真的没有死！”彩云终于忍不住地，像个受尽委屈和惊吓的孩子似的，号啕大哭起来……号哭释放了郁积在彩云心里的惊惧和后怕。当她再次坐起来的时候，已经平静了许多。

“这是什么地方？”彩云环顾四周，仍是满目汪洋，只见她面前，是一座郁郁葱葱的海岛。她立刻意识到，在她没有机会和能力离开这一望无际的汪洋泽国之前，这座海岛将是她唯一能够

赖以生存的地方。彩云心想：“眼下也只好先在这海岛上安身，往后慢慢再作打算吧！”于是，她拖着疲惫不堪的身体，怀着一颗忐忑不安的心，掂着由小气球簇拥的救生圈，踉踉跄跄地向海岛上走去。

二

刚一踏上海岛，细心的彩云就发现海岛上没有路。彩云心想：“没有路，就说明没有人居住。没有人居住，自然就是一座荒芜的岛屿了！”

正在彩云踌躇不前，不知该从何处下脚时，突然传来一阵清脆的鸟鸣声。她寻声望过去，只见在右前方不远处，有一座小石山。在小石山右后侧，如悬浮的红云一般，满目红灿灿的，竟然是一片野生红果林。这时，彩云忽觉又饥又渴，脚下陡然增添了许多气力，疾步向那红果林奔去。

彩云也不认识眼前的红果树都是些什么树，只见满树林长满了或青或红和半青半红的小圆果儿。那些成熟的果儿鲜亮嫣红，颗粒饱满，形如樱桃，却大于樱桃，且芳郁诱人。整个空气里，都弥漫着一股甜腻腻的，带着几分酒味儿的芳香，让人只一闻见，就有几分醉！

更令人惊诧的是树上那几只和红果儿一样鲜红鲜红的红鸟儿。彩云更不认识这是些什么鸟，只觉得它们长得太漂亮、太可爱了。它们一边用弯弯勾勾的尖嘴去啄红果儿，一边扭动着那颗长着红扇形头冠的美丽小脑袋，时不时地发出婉转悦耳的欢叫声，

好似在说："酸酸酸，甜甜甜。好吃，好吃！"

彩云可顾不上理会那些鸟儿们。她顺手从低垂的果树枝上摘下一颗红果，送到嘴里尝了尝。嗨！真是芬芳香软，又酸又甜，特别怡口润喉，沁人肺腑，那味道比樱桃更可口，比草莓更味美，比桑葚更香醇。彩云吃在嘴里，只觉得其味无穷，难以言表。如果不是亲自品尝，她真难以相信世界上竟然还有这么好味道的水果。彩云拽着那树上的一个矮枝，只捡上面熟透了的最鲜亮的红果儿吃，不久也就吃饱了。

彩云饱餐一顿红果，又靠山石睡了一觉，醒来时才觉倦怠消失，神清气爽。她抬头远眺，只见海岛上山岳起伏，奇峰叠嶂。远近山石或婀娜多姿，或狰狞可怖，或缓峰蜿蜒，或怪石嶙峋。全岛满目青翠，处处葱绿，实在是一个寻幽探胜的好地方。彩云哪有那种闲情逸致，但为了生存，她勉励自己必须到处走走看看，尽快摸清这座海岛的情况。为防虫蛇野兽侵袭，彩云把救生圈挂在一棵小树杈上，又顺手折下一根结实坚硬的树枝，刷去末枝绿叶，握在手里，向海岛深处走去。

彩云一路前行，沿途又发现一些红果树。这使她心中感到踏实和安慰。她想："只要有这些红果树和沙滩上那些涨潮落潮遗留下的海落儿，我即便一时半会儿走不出这汪洋大海，总也不至于饿死。"只是她有些疑惑：怎么有的红果树好像被人攀摘过似的？树上树下，随处可见一些被折断的残枝败叶。地面上的凹坑沟壕里，零零散散到处可见被啃咬得半半拉拉的红果儿。她断定："这绝不是红鸟儿所为！"仔细勘查后，彩云又发现一些像人又不是人，似兽又不是兽的足印。顺足印追过去，她发现所有的足印都来自那座小石山。那么，这都是些什么动物的足印呢？彩云心中十分纳闷。她想进小石山看个究竟，又怕受到伤害。正在她进退不定，犹豫不决的时候，猛然间，隐隐约约，她听到了潺潺的流水声。有河？有溪水？这才是决定她能否生存的关键！彩云心念一转，便寻着流水声，快步朝前走去。她用手中的树枝开路，在一片阔叶灌木丛中穿行，举手投足间，惊扰得一群群野兔、小鼠东奔西跑，也吓得自己出了一身冷汗。

三

彩云一路走来，进入一片绿草地。只见这里野草葳蕤，野花绚丽娇艳。蜜蜂在花朵间匆匆奔忙，各色蝴蝶在花丛中翩翩飞舞。也许那些硕蜂秀蝶把彩云当成了一株会移动的花枝，它们聚集在彩云身前身后，头边耳畔，飞上飞下，驱撵不散。吓得彩云一边挥赶蜂蝶，一边心里叨念："小蜜蜂呀，小蜜蜂，人虫有别，你是你，我是我，还是别对我那么亲密吧。求你们了，千万别把我变得鼻青脸肿呀！"

正是在这片草地的中间，有一条清澈明净的小河。它从海岛深处的山谷里奔出，沿途越过无数山石，穿过草地，一路叮叮咚咚地欢唱着，流向一个生长着许多绿竹的山坳里，又穿过山坳汇入了大海。彩云欣喜地奔到河边，只见河水清澈见底，野鱼畅游，水虫嬉戏。她蹲下去洗了手和脸，捧水一尝，甘甜润口，绵柔清凉，沁人心脾。彩云捧着河水饱饮一顿，更觉心清神爽，忧郁沮丧的情绪消散了许多。她在河水里洗去身上的泥沙，坐下歇息的时候，又用长草花枝逗弄了一会儿游鱼、蝌蚪、小蟹，这才踏着河间的矶石，跳到对面的岸上。

走出河边的绿草地，就是一片茂密的原始森林。这里密密匝匝，生长着各种树木。有高大的女贞，有挺拔的红杉，有百年老松，有千年奇柏……有许多彩云从来未见过的异木奇树，也有苗稚叶嫩的丫杈小树。森林里根须匝地，枝柯交错，绿荫蔽日。偶尔一阵山风吹过，如暮潮昼至，涛声阵阵。森林的地面上，落叶腐殖松软，走在上面，如履棉毡。彩云从森林里转出来，首先映入她眼帘的竟是一片一眼望不到头的红花地。

这片红花地宽广辽阔，从森林边一直延伸到遥远的山脚下。这种花虽然香气极淡，花朵却是娇艳无比。那花朵看似杜红花却更娇嫩，看似美人蕉而更华贵。山风一过，只见花地里红浪翻滚，红涟起伏，放眼望去，好似红海花洋一般美丽壮观。彩云掐一枝

花朵，放在鼻子上，嗅着淡淡的清香，只在心里惊叹：“这块花地虽然天然形成，瞧规模长势，整齐有序，倒像有人管理出来似的……”

想到人，彩云不由得想起昨天夜间那场噩梦般惊心动魄的海难，想起“灰鲨号”上的乘客们，更惦念那个刚出世的新生儿——平安。那么多好端端的生命！那么多活生生的人们！他们的音容笑貌，举手投足的模样，彩云还都历历在目。可是，转眼间，船破人亡，统统化为深海鱼鳖腹中之物，实在是太残忍，太残酷，使人难以置信，难以接受！一想起这些，彩云就不由得黯然神伤，心中一阵阵作痛。彩云心想：“我侥幸大难不死，真是福大命大，造化大！我能得天护地佑，真是三生有幸！”想到这里，她情不自禁地仰望天空，心里默默地祈祷：“苍天呀苍天，求您保佑‘灰鲨号’上的所有乘客都如我这般好运！大海呀大海，求您放过那些可怜的人们吧！”

彩云正在胡思乱想，忽听到什么鸟儿，一声清脆悦耳的长鸣。她转头望去，只见绿草地上，清水河畔，有几只仙鹤正在觅食。或许是美味饱腹，兴致盎然吧！其中一只仙鹤一面引颈高歌，一面翩翩起舞，吸引得另一只仙鹤也跟着跃跃欲试，迈起舞步。瞧它们那潇洒而无拘无束的风姿神态，倒与人世间那些活跃在游园广场、街头巷尾，能歌善舞的帅哥靓妹们颇有几分相像。彩云瞅着那群仙鹤有趣儿，一腔的忧伤悲愤，不知不觉中减少了几分。

彩云蹑手蹑脚，小心翼翼地向鹤群走去。待她走近时，才发现自己的谨慎完全多余，原来这些仙鹤根本不怕人。仙鹤们不卑不亢，举颈凝望，现出一副好奇、诧异的神色。瞧它们那神情模样，仿佛在询问："你是谁？怎么走进了我们的领地？"彩云感到十分意外和新奇。她蹲下身去，替那只舞蹈的仙鹤轻轻梳理着羽毛，十分温柔地说："我来给你们做伴吧，好不好？"彩云话音刚落，没想到那仙鹤优雅地一扇翅膀，细颈昂扬，又是一声长鸣，恰似给彩云的一个回应，以表诚挚热烈地欢迎！引逗得彩云禁不住笑了起来。

彩云和仙鹤亲昵了一阵子，又沿着小河，往上游山里走去。山道蜿蜒崎岖，绿峰青岭，壮美怡人。一路上仍是野花满目，百鸟喧鸣。转过几道曲曲弯弯的山道，彩云走进一条翠谷，只觉得一股清凉之气迎面扑来，又听流水声轰隆贯耳。她抬头遥望，只见眼前一条瀑布，雪龙银蟒一般喷珠溅玉，从苍翠的山峰中飞流直下，跌入一汪青色的深潭，发出狮吼一般的轰鸣，冲击得波滚浪翻，荡起一团团跳跃的水绣球。潭满则溢，明水散流，汇入一条深深的沟壑中，如吟龙翻滚，飞腾奔跃。彩云观后，不由得感叹道："一条玉带翠峰出，飞流直下清溪源。这大概就是那清溪河之源啦！"她坐在岸边石头上歇息，赏瀑观水，直到太阳过午，才走出山谷。

彩云在海岛上转了多半天，沿途所见奇花异草遍地皆是；古树秀竹随处可见；幽谷峻岭难计其数；神禽琼蝶温婉可爱。处处温馨祥和，未见任何凶虫猛兽，这使她感到特别欣慰。唯独那座小石山附近的足印，使她感到疑惑不安。彩云准备在回去的路上，到小石山探个究竟。

彩云沿清溪河原路返回。她一路走，一路想："这海岛的面积虽然不大，风景却十分秀丽，其山，其水，其景，我以前只在电影里、绘画中见过，如今却身临其境了。这里仿佛就是蓬莱仙境，假如能把海岛搬出太平洋，我就是在这上面住它一辈子也住不够！”

彩云直到离小白山最近的地方，才过了清溪河。一过清溪河，最为醒目的仍是那片红果林。这时，彩云忽又感到饥肠辘辘，这才想起未吃午饭。她想：“眼下也只有红果儿可以充饥，好在红果儿味美可口，百吃不厌！”她想着，便匆忙先向红果林奔去。

第五章 缘分

YUAN FEN

一

彩云再次来到红果林。此时无一丝风，红果林里一片寂静。只见那些红鸟儿正低垂着小脑袋，蹲在果实累累的枝杈上打盹儿。彩云瞧着它们睡态可爱的样子，唯恐惊扰了它们，就轻手轻脚从低枝上摘下一阔叶包红果儿，在林边岩石上坐下，边歇边吃。她一面吃着红果儿，一面寻思：“这红果固然可口，可光靠它充饥总是不行。为补充体力，还是应该到海边找些鱼虾吃。无奈没有火源，只怕得生吃海鲜啦！”一想起要生吃海鲜，彩云不免感到心悸，心想：“吃生喝生，长此以往，我岂不成了野人？这种日子，不知要持续多久？何时才能结束？只盼……”彩云胡思乱想着，不由自主地向海边望去。这一望，她立刻呆住了……

烈日高照，阳光炽白。风平浪静的大海闪闪烁烁，光亮刺眼。无数跳跃的涟漪，像一串串炫目的珍珠，在海面上摇摇曳曳。海边浅水滩的一块岩石下面，一个带着救生圈的木箱子，正在海水里荡荡悠悠，格外醒目。

彩云“啊”的一声，站了起来，她扔掉手中的红果，撒腿就向海边跑去。

彩云一边跑一边想：“是小平安吗？小平安怎么样了？他还好吗？”路上，当彩云隐隐约约，听到婴儿“哇哇”的啼哭声时，只觉得一腔热血直往上涌，那颗扑通扑通剧烈蹦跳的心，撞击得胸膛隐隐作痛。哦，天呐！彩云激动得简直快跑不动了。

她终于跑到海边，来到了箱子跟前。千真万确，这只箱子，正是老者的那只樟木箱子。上面绑着的那条淡蓝色丝巾，还有那两只红花骨朵似的小气球，彩云实在太熟悉了。婴儿沉闷的啼哭声从箱子里传了出来。彩云急忙打开箱子，哭声豁然洪亮。只见箱子里面躺着一个拼命舞动手脚，正在“咯哇咯哇”啼嚎的婴儿，这婴儿脖子上挂只玉虎，手心里有一个红苹果似的胎记，他不是小平安是谁？

二

彩云慌忙伸出双手，将小平安从箱子里托出来。她将孩子抱在怀里，只觉又惊又喜又悲伤。彩云把自己的脸贴在小平安脸上，轻轻拍着他，哽咽地说：“小平安，小乖乖。可怜的宝宝，真是你啊？”她说着，鼻子一酸，眼泪扑扑簌簌地淌了下来。小平安仿佛知道有人亲他、疼他、安抚他，便立即安静下来。由于光线强烈，他略微眨了眨眼睛，随即又闭上了。他涨红着小脸，像只饥饿中的小鸟似的，转动着脑袋，张着没牙的小嘴儿，到处乱找乱寻。彩云才意识到，小平安饿了！因为没找着吃的，他又拼命地哭了起来。可是，给他吃什么呢？瞧着怀里这个嗷嗷待哺的婴儿，彩云犯愁了。

彩云举目环顾，瞧来瞧去，唯一可供小平安充饥的，仍是那些殷红油亮的小红果儿。她一手抱着小平安，一手拉着箱子，把箱子拖到海岸上。她选了一块岩石的阴凉处，把箱子开着盖晾起来，这才抱着孩子急匆匆地向小石山后的那片红果林走去。

彩云来到红果树下，从矮枝上摘下一颗又红又软的红果，匆忙撕下果皮，将果肉送到小平安嘴边，轻声软语地说："好香好甜的红果，宝宝饿了，宝宝快吃吧！"小平安急切地张张小嘴儿，

含住红果，狠狠地吸吮两下，一皱眉头，立刻不满意地吐了出来。他咂吧咂吧小嘴儿，扭着脑袋，仍然乱寻乱找。彩云心想：“小平安没牙，一定是嫌红果太硬。”她把红果用手指捏挤了几下，又送到小平安嘴边。她哄劝小平安说：“吃吧，吃吧，宝宝。你尝尝，好吃着呢。乖宝宝，快吃。”哪知小平安用嘴碰了碰红果，却把脸扭开了。小平安仍是不停地张着小嘴儿乱找，彩云急出了一头汗，心想：“就这环境，这条件，宝宝你不吃也得吃啊！”彩云这么想着，再次把红果送到小平安嘴边，恳求地说：“乖宝宝，你就将就着点儿，快吃吧！这里是没有奶水可吃的，可不吃红果又能吃什么呢？什么都不吃，那是会饿死的呀！”小平安似乎明白了彩云的话，他突然又“哇哇”地大声哭了起来。瞧他哭得小脸儿涨得通红，青筋暴起好高，一副恼怒委屈的样子，彩云不由得心慌意乱，一时没有了主意。彩云看着啼哭不止的小平安，又焦急又发愁。她无可奈何地对小平安说：“这可怎么办？我可怎么把你养活呀！”

三

正在这个时候，突然，传过来一阵“吱吱嗷嗷”的怪叫声。彩云一愣，再侧耳细听，这怪叫声正是来自小石山。好像有什么动物在打架，仿佛打得还很惨烈。彩云感到十分惊异和不安。她警惕地抱紧小平安，满腹疑惑地顺着山脚绕着走，想要过去看个明白。

也许是小平安哭累了，也许是行走时的颠簸把他催困了，当彩云抱着小平安来到小石山的入口处时，他又昏昏欲睡了。彩云未敢直入小石山，而是躲在一块岩石后面，悄悄向小石山内窥望。嗨！这座小石山里真热闹！只见石山内熙熙攘攘聚集着一群白猴儿。这些白猴儿，个个红肤雪毛，秀眉明目，全带着一副机灵麻利相。彩云又惊又喜，又觉稀罕新奇。她感叹地想："嗬，这简直就是一群仙猴儿嘛！天下的猴子不少，如此白雪似的猴儿却闻所未闻。"

彩云仔细观望，发现众猴儿正注视着一只躺在地上"吱哇"乱叫的小白猴儿发愣，又见一只母白猴儿正担忧而哀伤地在小白猴儿身边转来转去，口中不断发出悲伤和焦躁不安地呜咽声。那举止模样，好似人无可奈何，手足无措时的唉声叹气。"准是发生了什么事！准是它们遇到了什么困难或意外？"彩云想到这里，不由自主地抱着小平安，走进小石山。

果然不出彩云所料。原来众猴儿们在山崖上追逐嬉戏，打闹玩耍。一只活泼有余，未曾断乳的小白猴儿，一不小心冒犯了猴儿王。猴儿王一怒之下，命众猴儿把小白猴儿逐下山崖。小白猴儿逃跑时，不幸从山崖上摔下来。它不但摔伤了一条腿，还撞破了脑袋，鲜血直流，已经染红了它身下的土地。小白猴儿的脸色渐渐变得灰白，刚才还在拼命挣扎嚎叫，此时却已经四肢瘫软，气息奄奄。

眼见小白猴儿的伤势严重，若不及时救助，顷刻之间就会有生命危险。彩云慌忙把小平安放在一块岩石上躺着，再也顾不上他亮着嗓门又"哇哇"大哭。她从自己的裙子上撕下两根布条，爱怜地把小白猴儿从地上托起来，抱在怀中。她一面替小白猴儿包扎伤口止血，一面温言细语地安慰小白猴儿，说：“小乖乖，忍住点儿，一会儿就好了。不怕，不怕！”彩云替小白猴儿包扎了脑门，又包扎了受伤的腿。小白猴儿脸色惨白，气息虚弱，像人似的淌出了眼泪，痛苦的目光中流露出一种说不尽的感激之情。彩云瞧着小白猴儿如此有情有义的模样，不禁又是惊奇，又是感动。她想：“这猴儿果然聪明，极通人性。”

彩云这么想着，就用纤细白嫩的手指，梳理着小白猴儿背上那柔软细长的雪毛，安抚它道：“别怕，别怕。你很快就会好起来的！小白猴儿听话，以后别再淘气，别再和你的伙伴们打架。现在你还不能乱动，要好好休息，去找你的妈妈吧！”彩云安慰着小白猴儿，抱着它站起来，准备把小白猴儿交给它的妈妈看管。

然而，彩云一下子愣住了。她看见那只母白猴儿抱着小平安，正在给小平安喂奶。这真是太令人意外了！彩云愣了半晌，才抱着小白猴儿，匆匆赶过去探望。

这时，小平安正安安稳稳地躺在母白猴儿怀里，闭着眼睛，全神贯注地吸吮着母白猴儿的乳汁。大概是小平安饿坏了吧。他吃奶吃得十分贪婪，竟然连续发出“咕咚咕咚”的吞咽声。此情此景，十分动人。彩云不由得心里一热，两行热泪夺眶而出。她惊叹地想：“以前曾听传闻，狼哺育人，有狼孩儿。今天亲眼所见，猴儿哺育人，小平安可不是要当猴儿孩儿了吗？”

彩云激动地抚摸着母白猴儿的头，无限感慨地说：“谢谢你，谢谢你！猴儿是百兽之灵，你们母子更是灵中之灵。今后你们母子就叫老百灵和小百灵吧。”彩云亲切地拍拍老百灵的肩头，又说：“老百灵，往后我请你给小平安做奶妈好不好？”老百灵温柔地低头看了看怀中的小平安，又抬起头来注视着彩云，大眼睛眨了两眨，现出一副甘当此任的神情。就这样，小平安有了猴儿奶妈。

彩云环顾小石山，四周均是不算太高的石山，有两三处豁口可供进出，山壁上有几处洞穴，竟像一个天然的院落。“院内”零零落落分布着一些土包矮石；遍地都长着被踏了又长，长了又踏的败草嫩芽；石山中央的土地上，有一片被攀爬得枝干都有些光溜的红果树，只有树尖上还剩一些绿叶掩映的红果儿。

彩云猛然看见一只救生圈被套在一块石头上。她一看便知，那是自己挂在树杈上的救生圈，不知什么时候竟然被猴子们拖来玩耍了。好在救生圈还完好无损，只可惜，原可供小平安赏玩的气球，已被撕破扯碎，散落了一地。彩云不无遗憾地走过去，拿起救生圈，拂去上面的泥土，挎在肩头上。这时，小平安已经在饱吃了一顿猴儿奶后，酣然入睡了。彩云把他从老百灵怀里接过来，向百灵母子和众猴儿们招招手，挎着救生圈，抱着小平安，走出了小石山。那些猴儿们，倒也不阻拦，不追撵，只好奇地，怔怔地瞅着彩云的背影发愣。

从此，彩云每天把小平安抱去，由老百灵喂奶。小平安吃饱了，她再把小平安抱走，由自己精心照料。

在以后的许多日子里，彩云也经常帮助百灵母子和那群白猴儿们。彩云教猴儿们爱护环境，打扫住处，给它们洗澡梳毛，帮它们做一些力所能及的事情。她一有空，就带着小平安和猴儿们嬉戏。百灵母子和白猴儿们也经常采些山珍野果，送给彩云和小平安吃。彩云、小平安与白猴儿们常来常往，亲密无间。

还说当天，彩云抱着小平安离开小石山之后，眼看天色将近黄昏，只觉得当务之急，应该寻个安身之处。经过一番找寻，彩云选择了一个离海近，离小石山也不远的山洞作为他们的住处。

这个山洞依山面海，洞外的空地上，有一棵老榛树。人一出山洞，甚至站在山洞里，就可以清楚地瞭望到海面上的情况。彩云只盼望有过往船只通过，能将她和平安早日接出这汪洋大海。

彩云用树枝当笤帚，打扫了山洞。又找些茅草枯叶铺在山洞里的岩石上，当自己的床。她把那口樟木箱子搬到床边，用两根圆木支起来，就成了小平安的摇车。彩云在箱盖上刻下了小平安出生的日期。从这天起，她每天都在箱盖上画一道，七天写出一个“里”字。

第六章 意 外

YIWAI

一

月明星稀，海岛之夜并不安宁。海浪“哗啦哗啦”地拍打着海岸，仿佛唱着一支凄婉的歌。偶尔传来几声孤雁的哀鸣，和一阵猫头鹰似哭似笑的“呱呱”声。

在山洞里安歇的彩云根本无法入睡。她使出浑身的本事，也哄不乖嗷嗷待哺的小平安。小平安早已哭哑了嗓子。直到哭累了，他才稍微安静一会儿。可怜他在梦里还不时地偏着脑袋，张着小嘴儿，叽叽哝哝，寻觅奶水吃。小平安那副饥饿兮兮的可怜模样，深深刺痛着彩云的心。

彩云躺在伸手不见五指的山洞里，虽然疲倦困乏极了，却怎么也难以入睡。她发愁地想：“这往后的日子怎么过？自己吃生的喝生的，倒也罢了，小平安可怎么办？这种茹毛饮血的生活，他可怎么受得了？即使白天他有猴儿奶充饥，可夜晚怎么办？这里离小石山往返大概有半个小时的路程，就是自己不怕劳累，深更半夜地去搅扰老百灵，它能干吗？即便这些都不成问题，遇到刮风下雨，或到天寒地冻的时候，小平安怎么能受得了这路途劳苦的折腾呀！唉！睡吧！什么也别想了，先睡吧！实在不行，明天就在小石山附近寻个住处吧！”彩云迷迷糊糊刚要睡着，小平安又“哇哇”地大声啼哭起来……

清晨，天刚蒙蒙亮。星星仍依稀可见，月亮还在天上悬挂着，彩云就抱着小平安，踏着晨露，匆匆忙忙赶往小石山。小平安在小石山猛吞一顿猴儿奶，这才又安然入睡。这时，彩云也早已饥肠辘辘。她急匆匆赶回住处，把睡着的小平安放进木箱里，就独自出了山洞，去海边寻找生鱼生虾充饥。

天气虽说炎热，可刚刚退了潮的海滩仍然令人感觉清爽冷凉。湿漉漉的沙滩上，那些退潮遗留下来的海鱼海虾，半昏半迷地躺着，多数抓在手里还能蹦跳蠕动。从未杀过生的彩云饥不择食，此时只找那些活得最好、最鲜嫩的鱼虾吃。她非但不觉腥气难咽，反觉咸咸的、嫩嫩的，味美可口。彩云一边吃，一边想：“人们常说，‘靠山吃山，靠水吃水。’被困在这荒岛上，只要精神不倒，饿是饿不死人的。只是小平安太小，难以适应这些生冷饮食。如果要能找到火源就好了，有火就可以给小平安煮些鱼汤虾泥吃。可怎样才能解决火种的问题呢？”彩云抬头看见海岛上有一棵被烧黑的孤树，光秃秃的、黑黝黝的，刚绽出两支极嫩的枝条，满带着一副饱经风霜的苍凉。想来是在某场暴风雨中，被雷电击中，点燃了它，才使它变成了这般模样。彩云真希望即刻再来一场暴风雨，尽管她一想到暴风雨就有点儿心怯胆寒，可是她仍然祈盼着雷电再点燃一次这棵可怜的残树。她想到了古人钻木取火，想到了击石取火，又想到了透着几分瘆人怪异的鬼火——磷火。她暗暗告诉自己：无论如何，填饱肚子后，趁着小平安睡觉，她得到海岛各处转转，希望能够早日解决火种的问题。

太阳出来了，彩云辽望着曙光初照的海面，不由得又想起那场惊心动魄的海难，想起自己目前的处境。如今身处荒岛，这荒岛又是何地？我和小平安何时能够获救？今天，明天？这个星期，下个星期？这个月，下个月？或是今年，明年？想到这里，彩云更加心烦意乱，满腹惆怅。虽然彩云愁肠百转，但是她坚信不疑，只要能活下去，总有一天能走出这汪洋大海。如此一想，不由自主地长吁一口气，自言自语地说："一切听天由命吧！无论如何，眼下只有从长计议了！"

她正打算回到岛上去，刚一转身，突然发现左侧远处的海边上，有一个闪闪烁烁，十分明亮晃眼的东西。彩云有些纳闷，连忙疾步奔了过去，呈现在她面前的竟然是一个光洁明亮，熠熠闪光的不锈钢小匣子。这小匣子精美别致，有饼干筒大小，上有锁，盖上轧有古埃及服饰的人物图像。彩云拿起小匣子仔细端详起来，小匣子虽不算太重，却也不轻。她翻来覆去地观看研究着，一时断定不出这是个干什么用的匣子。彩云轻轻摇动匣子，里面呼啦乱响。彩云猜："这匣子不会满箱，顶多不过盛有半匣子的东西！"匣子里面到底有什么东西呢？是金银财宝？还是饼干、面包、巧克力？金银财宝在这个岛上毫无用处。如果让她许愿，彩云更希望匣子里面装的是吃的东西。里面有饼干、面包当然不错，要是有奶粉、巧克力，那就更好了。毕竟这些都是小平安最需要的东西。彩云决定打开匣子看看。

彩云抱着匣子走上海岛，来到一片小树荫下，拿起一块石头，对着匣子上的小锁，“啪啪”地敲打起来。这锁虽小，倒也十分坚固。彩云敲打了好一会儿，累得满头大汗，才把锁打开。

彩云望着打开了锁的匣子，犹豫半天，不敢贸然掀开。她想：“匣子里盛着什么都不要紧，可千万别是‘潘多拉’的盒子，别带来什么灾难！”她也不知道自己为什么会这么想，也许经历过大灾大难的人，都会变得十分谨慎胆小吧！彩云想：“无论如何，掀开匣子之前，我还是许个心愿吧！”

她闭着眼睛，嘴里喃喃地念叨：“不要金，不要银，奶粉、巧克力到眼前。打开！”她一咬牙，掀开了小匣子。待彩云睁开眼睛一看，真是大失所望！这虽然不是“潘多拉”的匣子，却也没有她想要的奶粉、巧克力，也不是饼干、面包，更没有金银财宝，只不过是几个半新半旧的小纸盒。彩云失望地拿起那些小纸盒，挨个查看：一把瑞士军用刀，一把德国六寸小手钳，一只美国制的放大镜，一只中国造的指南针。彩云翻看着这些东西，心想：“这匣子的主人，一定是个走过五湖四海的人。他也许去过埃及、美国、德国、中国、瑞士……这些东西不过是他买来的纪念品而已。此时，这匣子流落此处，匣子的主人多半已遭不测。没准他就是自己的同船人。”想到这里彩云不觉又是一阵伤心难过。

彩云仔细翻看着这些东西，顷刻间心里豁然一亮，她欣喜地想：“这比我刚才想要的那些东西更珍贵！有了军用刀和手钳，就可以解决我手无寸铁的困境。”她握着放大镜，对着太阳往地面上一照，地面上立刻呈现出一个雪明雪亮的聚焦点。彩云简直如获珍宝，特别高兴和激动，心想：“转机就在一瞬间，有了放大镜，就解决了火种问题。有了指南针，再也不用凭借太阳判断东西南北了。至于这个不锈钢小匣子嘛，不正是一口上好的饭锅吗？”彩云又想起两只救生圈和那个樟木箱子，想起她和小平安在这海岛上竟然还能拥有一份可观的财产？她知足的苦笑了：“感谢老天爷的处处关照与呵护，我在危难之中总能柳暗花明又一村，真算运气不错！”

二

彩云正在翻看匣子里的这些东西，恍惚听到小娃娃的哭声。她心里一惊，“这里离住处虽不算远，可毕竟还有一段距离呢，小平安的哭声怎么传到了这里？”彩云慌忙抬起头来，小娃娃的哭声更近了。她心里“咯噔”一下，倏地从地上跃起，不由得想到：“小平安该不会碰到什么意外吧？”这时，刚好飞来一只小鸟，小娃娃的哭声已到了近前，在头顶的上空响了起来。嗨！彩云长长地吁了一口气。哪是什么小娃娃的哭声？原来是这只鸟的叫声。只见这只鸟不过一拃多长，灰暗羽毛，背部有纵斑，胸部有横纹。“这是只什么鸟呢，怎么叫声像小孩儿的哭声？”彩云觉得有趣，禁不住多看了它几眼。这一看，又看出蹊跷来了，只见这鸟“哇哇”地叫着，往返飞着，一会儿飞向彩云，一会儿飞向她住处的方向。反复几次，迟迟不肯离去。彩云突然心里一惊，再次想到了小平安，于是抱着匣子急匆匆朝住处奔去。

彩云来到她住的那个山洞前，还没进去，就听见小平安正在大声啼哭。彩云一边快步如飞地奔进山洞，一边想：“这孩子一哭起来，总是这么惊天动地。瞧他这么大的嗓门，没准长大了是个男高音呢！”彩云进了山洞，慌忙把手中的小匣子丢在地上，疾步奔向箱子，嘴里刚要说：“别哭，别哭！让我看看你怎么了？”话没出口，她张开的嘴巴却再也合不拢了。面前一个十分恐怖的景象，使她惊呆了！

彩云瞧见一条红花白身子的三角头长蛇，正在箱子外壁上，由下往上爬行。那蛇头已经爬上了箱子口的边沿，只见蛇眼贼亮贼亮，蛇头一晃一摇地向上昂着，口中吐着血红的信子，正在探头探脑地往箱子里张望。或许听到了彩云的脚步声，它猛地一缩头，吞进红信，爬在箱棱上不动了。

彩云从小最怕虫蛇，青菜上的一条小肉虫，都会把她吓得“吱哇”乱叫。这时，猛然看见一条张牙舞爪的长蛇，她早已吓得心惊胆战，四肢发软，魂魄欲出。可是小平安的生命危在刹那之间，容不得她有半点犹豫。好在昨天晚上，彩云为防万一，特意在地上放了一根护身用的木棍。万分惊恐之中，她勉强稳住心神，悄悄弯下腰去，伸手抓住那根木棍，奋力举起，由里向外，朝蛇头狠狠打了过去。只听“啪”的一声响，那条蛇摔出两米多远，就见它躺在地上，拼命地扭动着，一个猛打滚，跃起身子，昂起头，张着嘴，吐着红信子，朝着彩云扑来。彩云惊骇得头轰轰乱响，只觉得浑身的汗毛、头发都竖起来了。她那一颗剧烈跳动的心，简直要从胸腔里蹦出来。她对自己一再发出警告：“要镇静！要镇静！小平安等着你救命，小……”

彩云用身子护住箱子，举起木棍，对着那条疯狂向她进攻的长蛇，又是一阵猛抽乱打。她一面打，一面流着眼泪，说：“打死你！打死你……”那蛇眼瞅着彩云一副拼命的样子，只好就地一个翻滚，纵身向洞外仓皇逃去。彩云却吓疯了似的，仍然一边舞动着木棍乱挥乱打，一边哭喊着，说：“打死你！打死你！打死你……”直到她大汗淋淋，虚脱似的瘫倒在地上，才住了手。

不知过了多久，小平安的哭嚎声把彩云从迷乱中惊醒。这时她突然想起小平安：“孩子怎么样啦？伤着了没有？”她蓦地站起来，提心吊胆地从箱子里抱起小平安。彩云仔细地查看着小平安：从头、脸、手、脚，浑身上下，连小鸡鸡在内，统统检查了一遍，直到确信小平安安然无恙，这才长长出了一口气。她心想：“我也是自己吓自己。孩子倘若给蛇咬了，或许早已不会哭叫了。”此时此刻，彩云的复杂心情，真是难以言表。她后怕、感伤、委屈，同时又深感庆幸。

彩云用脸贴着小平安的脸，内疚地道歉着：“可怜的小乖乖，都是我不好。我太大意了，我该死！从今往后，我再也不让你离开我半步。对不起，别哭了，别哭了！可怜的宝宝，咱们找猴儿奶妈去，好不好？”说着，彩云抱着小平安走出山洞，又往小石山奔去。

在去小石山的路上，彩云仍是心有余悸，不由得想起那只会“哇哇”叫的小鸟。它会报信已经够神奇了，怎么还会学婴儿啼哭？她惊叹诧异之余，又特别感激那只小鸟。彩云心想：“真是只神鸟，无论它是人是鸟，它都是小平安的救命‘恩兄’。”

彩云很快就又见到了这种神奇的小鸟。它们就住在彩云、平安所住的那个山洞前的老榛树上。彩云已无法辨认哪只是报信的，只是观察发现，这种鸟白天总爱躲在葱绿稠密的树叶丛里睡觉，傍晚才飞出来四处觅食。每当它们四处奔忙的时候，叫声清脆悦耳，十分动听，完全不像孩子啼哭一样的声音。彩云暗自感叹：“奇怪，奇怪。这岛上的鸟呀、兽啊，个个都那么神奇有灵性，往后我和小平安与它们为邻，倒也有趣。也不知道这些鸟是什么鸟，它们的叫声婉转好听，又爱晚间出来，就只管叫它们‘夜莺’吧！”

三

此事件之后，彩云又给他们所住的山洞，用藤木做了一扇门。她采了野麻，用编织毛衣的方法，编织了一块有带子的方巾。无论赶海、拾柴、挖野菜，她总用方巾把小平安背在背上。白天小平安睡觉时，彩云就在一旁看守着；夜晚她把小平安搂在怀里一起睡。

彩云特别喜欢端详小平安的模样。她觉得小平安一天一个样，天天都在变化。有时，她看着小平安长长的眉毛，大大的眼睛，高高的鼻梁，一张端端正正的小脸儿，会不由自主地叹息：“好宝宝，你真是天庭饱满，地角方圆，一副俊秀漂亮的好模样。只是命太苦了哟！”小平安可不管什么命苦不命苦，他非常爱笑，还时常在睡梦中笑了又哭。他往往会在彩云正逗他玩耍时，突然张开粉嘟嘟的小嘴，打个哈欠，扭动一下粉团似的身子，眨眼工夫，竟然无忧无虑地睡着了。每当这时，彩云总爱抚摸着孩子长有红苹果胎记的小手，情不自禁地想：“他是这么弱小，这么稚嫩，这么无助！无论如何，我要像大鸟爱护小鸟那样呵护他！在这荒芜孤寂的海岛上，只有我才是他生命的依靠。不知何时何日才能离开这里？而这个幼小的生命，也是我唯一的人类伙伴。”每当想到这些，她就更加疼爱这个小家伙了。当然，小平安一些莫名其妙的啼哭，常常也会给彩云带来许多烦恼。小平安饿了哭，困了哭，拉屎、尿尿哭，有时什么事没有，他也照样哭。每当这时，彩云就会看着眼前这个软乎乎、红扑扑，浑身长着毛茸茸汗毛的，比只鸟儿大不多的婴儿，十分犯愁。她又无可奈何地忧虑着：“可怜的小宝宝，哄你也不乖，你可叫我怎么办呢？”

小平安百天了。他变成了一个粉琢玉雕一般的小娃娃，特别漂亮可爱，也特别爱笑爱动。在彩云看来，小平安插上双翅，就是神话传说中的小天使。小平安时常会很起劲儿地舞动着手脚，不停地张着没牙的小嘴儿，“哦，哦”地冲着彩云说话打招呼。他那模样神态，真是可爱极了！彩云常常逗弄着小平安，望着他那憨态可掬的样子，满腹的惆怅顷刻之间就烟消云散了。

半岁一过，母体的抵抗力减退，小平安接二连三地得了几次病。这可愁坏了彩云。她望着高烧不退的小平安，急得忍不住直流眼泪。好在彩云生在农村，过去农民哪有一生病就看医生抓药的？多种情况下都是靠老辈人留下的经验和常识，弄些野菜、花草，植物根茎，熬汤煮水后口服，用来治病解毒。彩云只好用这种方法给小平安治病。为了安全，常常是小平安得什么病，彩云就吃什么药。每当熬好那些苦汤苦水，她往往自己先喝先用，直到确认无误，才肯给小平安服用。彩云给小平安喂药，喂水，喂汤，替他凉敷降温。她处处小心谨慎，处处精心呵护，不肯有丝毫大意和怠慢。每回都是眼瞅着小平安安然无恙了，她才敢稍稍松上一口气。

有一次，小平安又发高烧。他不吃不喝，整夜啼哭不止。万般无奈之下，彩云一边淌眼泪，一边把自己的乳头塞进小平安的嘴里。小平安叼着乳头，竟然蓦地平静下来，安安稳稳地睡着了。小家伙也算精能！从此，他就不叼奶头不睡觉。彩云瞧他可怜，咬咬牙，只好依了他。乳房原是女人的神圣部位，更何况彩云是个未婚的青春女子。虽然她心里特别委屈难过，也曾为此哭了好几次，但她宁肯委屈自己，也不忍心委屈小平安。

“小宝宝，要睡觉。风不吹，浪不高，小鸟不飞也不叫，小小的宝宝快睡觉……”就这样，小平安听着彩云的催眠谣，一天天地成长着。

日子苦乐参半地过去了。待到小平安将近一岁，咿呀学语，第一次冲着彩云“妈妈、妈妈”地喊叫时，彩云真是心酸、激动，又高兴。这时，彩云早已视小平安如己出，小平安更是把她当亲生母亲一样的依赖。

春光明媚，百花灿烂，徐徐和风温暖着海岛。彩云带着小平安，跟几只白猴儿正在河边一片绿草地上采撷野生草莓。彩云一边摘着草莓，一边照顾着蹒跚学步的小平安。白猴儿们有的跟着彩云摘草莓，有的陪伴在小平安身边玩耍。

小百灵拿着一颗又红又大的草莓，逗弄着小平安，试图把草莓放进小平安嘴里。彩云慌忙阻止小百灵，说：“不行，不行，小百灵！还没洗呢，别给平安吃！小心坏了他的肚子！”小百灵

冲彩云做个鬼脸，一抬前爪，把草莓扔进了自己的嘴里。它张着大嘴叉子，津津有味地咀嚼着草莓，现出一副其味无穷的样子。小平安看得馋了，就伸出小手，往小百灵嘴里去掏。小百灵看着小平安伸过手来，只将前爪一拂，小平安就跌了个屁股蹲儿。小平安立刻“哇哇”大哭起来。彩云赶忙跑过来把平安抱在怀里，嗔怪小百灵道：“小百灵，亏你还是小平安的奶哥哥，怎么好意思欺负他？”她一面给小平安擦着眼泪，一面哄着说：“乖宝宝，你猴哥哥欺负咱们了？别哭，别哭！妈妈打它！”说着，刚举手做出要打的样子，小百灵一缩脖子，早逃跑了。彩云安抚着平安，和他商量着：“好宝贝，你下来玩一会儿，妈妈去把草莓洗干净，再给宝宝吃好不好？”小平安抽抽泣泣，撇着小嘴儿，显出一副十分委屈的娇气模样，紧紧搂住彩云的脖子，就是不松手。可是，只一转眼，顽皮的小百灵又蹦蹦跳跳地寻上来讨好逗乐。小平安一看见它，立即又破涕而笑了。彩云往小河边望了一眼，又对平安说：“好孩子，你和小百灵玩一会儿，妈妈去给你洗草莓，马上就回来。”说着，她把平安放在地上，又叮嘱小百灵，说：“小百灵，你看好平安，我这就回来。”说罢，她拿着一阔叶包的草莓，快步向河边奔去。

小百灵领着小平安戏耍。它左纵右跳地舞蹈着往前跑，平安张着两只小手在后面追撵。他们一路来到一块大岩石下。这岩石有三米多高，顶端平坦，三面陡峭，一面坡度斜缓，就像一座天然滑梯。小百灵一纵两跳，从斜坡处跃上岩石。它在岩石平台上，“唧唧哇哇”地跳着、跃着，挥动着前爪召唤着小平安。小平安蹒蹒跚跚地顺着岩石的斜坡，手脚并用地向上爬去。

彩云正蹲在小河边匆匆忙忙地洗着草莓。她顺手从旁边的水洼里摘下一片野莲叶，把莲叶洗净，又把洗净的草莓放进去。因心里记挂着孩子，她一边洗草莓，一边时不时地回头关注着小平安。她瞅见小平安“嘎嘎”地笑着，追撵着小百灵，也忍不住笑了。彩云心中不由得感叹：“这种猴儿戏人，人戏猴儿的嬉戏场面，只怕全世界也不多见啊！”

正当彩云感叹不已时，待她再一回头，只见小平安已爬上了岩石斜坡的一半儿。彩云大吃一惊，“忽”地一下站了起来，只觉得头“轰”的一声响，一颗惊惧的心，一下子提到了嗓子眼儿上。她唯恐惊吓了孩子，没敢呼喊，只扔下手中的草莓，没命地朝岩石这边飞跑过来。

彩云跑到半路的时候，小平安已经爬上了岩石的顶端。彩云遥望着小百灵又蹦又跃，又抓又搔地引逗着小平安，她再也忍不住了，一边疾步如飞，一边高声呼喊：“小百灵，别逗他！平安，好宝宝，注意安全。别乱动，千万别乱动！”

就在这时，只见平安在躲避小百灵时，一个趔趄，从平台上掉了下来。“平安……”彩云绝望地大声呼喊着，眼前一黑，两条腿发软，险些栽倒。就在这千钧一发之际，只见一个白影一闪，一只白猴儿飞身跃起，伸出两只前爪，接住了正在向下坠落的小平安。

这白猴儿正是小百灵的母亲，小平安的奶妈老百灵。它虽然近日身体欠佳，可是关键时刻，仍然出奇地机智敏捷。这时，彩云带着极度的惊骇，气喘吁吁地赶了过来。她一把接过小平安，紧紧搂抱在怀里，一句话也没说出来，眼泪却像开闸的小河似的“哗哗”地奔涌出来。这之后，彩云母子和百灵母子及这群白猴

儿的感情更加密切深厚了。

在平日的生活中，彩云和小平安时常与白猴儿为伍，以百鸟为友。虽然彩云思念家乡，思念亲人，归心似箭，但小平安年幼单纯，不谙世事，既无愁肠，也无奢望，倒是无忧无虑，生活得欢乐愉快。

小平安两三岁就跟着小百灵它们在野藤上荡秋千，三五岁就跟它们学会了爬树和攀岩。逢上硕果累累的季节，小平安和白猴儿们常常会攀上红果树，爬在绿叶青枝间，任意选摘最大最红最漂亮的红果解馋。平安摘不到的红果，往往用手一指，命令小百灵它们：“喂，快把这颗红果给我摘下来；喂，快把那颗红果给我摘下来！”而小百灵它们，也总是非常乐意效劳。

这期间，彩云常常带着小平安眺望大海，总希望有过往船只能够把他们母子带出这汪洋泽国。虽然她每每失望，但她还是固执地期待着。

第七章 母子情深

MUZI QINGSHEN

一

斗转星移，时光如梭。转眼几年过去了，老百灵已经年迈过世，小百灵已经当上了猴儿王，当上了爸爸。小平安也已经成长为一个英俊可爱的小小少年。他圆圆的脑袋，宽脑门，一副聪慧机灵模样，只是稍微瘦弱些。

彩云和平安在海岛上的生活是艰苦的，也是浪漫的。

彩云不但心地善良，而且性格坚韧，达观，开朗。这几年常在海边赶海，游泳，玩耍，她早就发现海岛周围的海域是个暗礁区，而且这里远离航线，这就是他们始终看不见航船通过的根本原因。尽管已知如此，彩云仍然希望奇迹出现。在彩云看来，能活着已经是很幸运的了，活一天，就应该快快乐乐地过好这一天。再说，为了小平安，她也应该振作起来，不应该放弃啊！

在过去的日子里，彩云很有创造性：她用野荷叶铺上细沙，给小平安做尿布；包野花芳草做枕头；她用野艾编绳点燃了做火种；用竹篾把蓖麻籽穿起来为蓖麻灯；用松枝做火把。她还选薄石做刀斧；选大贝壳、竹筒为碗盏；把海水灌进石凹里晒成咸盐。她用野麻编织衣服；缝野兔皮为御寒衣被。有一次，她竟然把平时收集来的鸟羽，洗净晾干，连缀起来，给平安做了一身羽绒衣裤和一条小被子。

不仅如此，彩云仍然保持着整洁爱美的习惯。她用贝壳做手镯、项链；用野果汁和树皮煮水，为野麻衣衫上色着彩；用野皂角洗涤衣物。彩云一直保持着一周洗一次头发的习惯。她把君影草捣碎沉淀成膏，加水为“铃兰玉草香露”，加鱼油为“铃兰玉草润肤霜”。她总喜欢把香露涂擦在腋下和头发上。彩云所到之处，香风四溢。常常惹得那些顽皮的猴儿们总爱走近她的身边，探过脑袋，囔着鼻子嗅上几嗅。

在适宜的季节里，彩云总爱采些野花芳草，编成花环，戴在头上，套在手腕脚腕上。这时，她穿着色彩优雅的野麻衣裙，海风一吹，长发飘飘，那神态气质若人若仙，远胜于大都市里的美人靓女。

除此之外，闲暇之余，彩云热处理树皮代纸，用日记的形式写着一本《海岛拾零》的书。书里较详细地记述了她和小平安在海岛上的生活，所见所闻和奇闻轶事。

二

作为母亲，彩云十分努力，特别尽职尽责。她带着平安拾鱼、捉虾、抓螃蟹；打猎、采蘑菇、挖野菜；爬山、跑步、唱歌、跳舞、做游戏；给他讲故事；教他游泳、画画、塑沙人；教他学国语、外文、写字、识数、背诗文。彩云告诉小平安：一天二十四小时，一小时六十分钟，一分钟六十秒。她指着樟木箱子盖上的“里”字表，告诉小平安：一年三百六十五天……一年十二个月。还告诉他：一月大，二月小；三月大，四月小；五月大，六月小；七月大，八月大；九月小，十月大；十一月小，十二月大。大大大三十一，小小小三十、二十九、二十八。他们管这叫“岁月大小歌”。这些早在小平安三岁时，就已耳熟能详。彩云还给平安讲地理、历史和自然知识，讲大海以外的世界，讲陆地上的事物，讲陆地上的人、车、房屋和街道，讲她所见所闻的各个不同国度的风土人情。他们喜欢坐在沙滩上，享受春季太阳的温暖；沐浴夏季海风的清爽；观看秋季天高云淡的天空；欣赏冬季漂浮在海面上的千姿百态的冰山。

彩云十分疼爱小平安，但不过分地溺爱。她非常重视平安的文化学习。海岛上有上千种树，有用不尽的树叶。彩云就选韧性好，形状好看，颜色相同，大小一致的树叶，装订起来给平安作书本。有时也用同样大小、形状等同而颜色不同的树叶订成“什锦书本”。她凭自己儿时所学功课的记忆，结合实际情况，给平安编写学习教材。她用平石作黑板，烧尖小树枝为树枝笔，用草木的汁液作墨汁，用红果汁批改作业。

彩云有个主导思想：小平安必须有野人一样适应大自然的能力，但又必须有文明社会聪明人的智慧和知识，一定要让他有独立在这个孤岛上生存下去的能力。尽管她未曾放弃过带着平安走出这汪洋大海的愿望，但她必须往坏处想。

平安聪明好学，求知心切，他爱看着天空问：“天上的云是哪来的？怎么会跑？星星为什么喜欢眨眼睛？是月亮大，还是太阳大？”他看着野花问：“花儿为什么有红的、白的和黄的？我怎么没见过黑色的花？”他看着树问：“树叶为什么春天是绿的？到了秋天就变红变黄了？”他看着大海问：“海水为什么是蓝的？海底世界是什么样的？”他问：“小鸟为什么会飞？小猴儿为什么四条腿走路？人为什么两条腿走路？”彩云尽自己所知，给小平安一一讲解。当然，也有被他问得啼笑皆非，回答不出来的时候。每逢这时，她就会老老实实地说：“这个嘛，妈妈也不知道。等你长大了，到陆地上的图书馆里去查一查就知道了！”

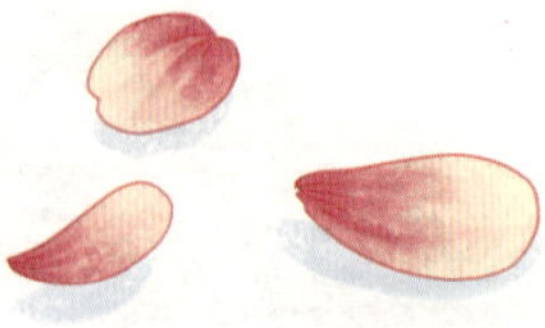

三

这是一个令人心旷神怡的好天气，大海闪着亮光，宛如一片无边无际一眼望不到头的蓝水晶原野。彩云和平安游过泳，一起躺在沙滩上休息。平安躺不住，略躺了一会儿，就在沙滩上跑来跑去的玩耍。他一边跑，一边唱着彩云为他编的儿歌：

海上有只船，船上有锚也有帆，
帆让船儿飞快跑，锚让船儿站一站。

彩云微笑着坐起来，欣赏着平安天真烂漫的神态。她一转头，看见海岛郁郁葱葱，风景如画，心中一动，就喊平安："平安，你过来！妈妈有话跟你说！"

平安蹦蹦跳跳地跑过来，一下扑倒在彩云怀里，撒着娇说："妈妈，讲故事！"彩云搂着平安，说："故事待会儿再讲。你瞧，咱们的海岛多美丽！咱们给它取个名字好不好？"平安不假思索地张口就说："叫'彩云岛'。"彩云一愣，问："为什么叫'彩云岛'？"平安说："因为我最喜欢彩云！"彩云又问："你为什么喜欢彩云？"平安一笑，真诚地说："因为妈妈的名字叫'彩云'。全世界的人，我最最喜欢妈妈嘛！"

彩云听了十分感动。她心里一热，暗想："小小年纪，竟然懂得爱屋及乌了，真是个有情有义的好孩子！"彩云的眼睛湿润了，她爱抚着平安的头，含笑说："好孩子，妈妈谢谢你！全世界的人，妈妈最最喜欢平安！依我说，还是叫'平安岛'最好。"

平安急了，大声争辩着：“不行，不行，这不行！应该先有妈妈岛，再有孩子岛！”彩云哄劝他说：“‘平安岛’多吉祥，多好听呀！平平安安，让咱们早日走出大海，回到祖国。这可是咱娘俩最大的心愿啊！”平安想了想，蛮认真地问：“妈妈，起个吉祥的名字，就能早日走出大海，回到祖国吗？”彩云叹息着：“这可说不准，不过吉祥总是好的！”平安又认真，又无奈地顺从道：“那好，那就叫‘平安岛’吧！”

其实在平安心里，在哪里生活都无所谓。可是他已经能懵懵懂懂地理解妈妈渴望回到祖国的迫切心情了。

说到起名字，彩云不由自主地想起当年在“灰鲨号”甲板上，众人给平安起名字的事。想起往事，彩云不禁黯然难过。这时，平安看见彩云满面愁云，一副若有所思的样子，他想：“妈妈又在思念祖国，又在思念家乡了。平时我伤心的时候，妈妈总是哄乖我。现在妈妈伤心了，我也应该哄哄妈妈！”于是，平安学着彩云平时安慰他的情形，亲昵地拉着彩云的手，摸摸彩云的脸，替彩云抚一抚脸上的头发，一本正经地安慰道：“妈妈，别伤心了！总有一天咱们会走出大海的！咱们给红鸟儿和红果树全都起个名字，妈妈说好不好？小猴儿们就小百灵有名字，别的小猴儿还没有名字呢！咱们给它们每个人都起个名字，妈妈说行不行？”

瞧着平安这么善解人意，天真无邪，彩云想起了这些年养育平安的苦乐，心中真是又喜又悲，她鼻子一酸，情不自禁地流出了眼泪。平安立刻惊慌地用小手替彩云擦擦眼泪，说：“妈妈，别哭！往后我一定听话，保证不惹你生气！”彩云用手抹了抹眼泪，抱着平安亲了亲，说："好孩子，妈妈有个你，真是太幸运了！平安这么亲妈妈，爱妈妈，妈妈这是高兴得哭了。好，咱们现在来给红鸟儿，红果树，小猴儿们取名字吧！"于是，他们俩给红身子的鸟儿取名叫"胭脂鸟"，给红果树取名叫"胭脂树"，红果儿自然是"胭脂果"。除了小百灵以外，他们又给其他猴子们也分别取了名字：那个下了台的老猴儿王叫"老王爵"，才生了猴儿崽儿的母猴儿叫"得意皇后"，小猴崽儿因是春天所生，就叫"春风王子"……

四

取完了名字，平安又提出让彩云讲故事。说起讲故事，彩云简直是个故事大王。她给平安讲外国故事《丑小鸭》《卖火柴的小女孩》，希腊神话《潘多拉的匣子》，也讲中国故事《孙悟空大闹天宫》《哪吒闹海》《太阳山》《真假包公》……有时她即兴发挥，边讲边编，给平安讲《野花仙子》《快乐的小灰兔》《海龟着陆》《小红鱼回家》《小仙鹤起飞》……彩云运用拟人法讲故事，讲得绘声绘色，娓娓动听。她往往在故事里含蓄地，有哲理地讲出了为人之道、为人之德。

平安最爱听妈妈讲故事。他每次都听得聚精会神，津津有味。就说《夜莺报信》的故事吧，平安反反复复地听了一遍又一遍，竟然不厌其烦地要求还讲、再讲。

今天，彩云听见平安又让讲故事，她一时情绪激动，不由自主地说："好吧！今天妈妈给你讲个白胡子老爷爷舍生忘死，救助小娃娃的故事，故事的题目就叫《难忘的樟木箱子》。”

“好呀，好呀！妈妈快讲！”平安拍着小手，兴高采烈地催促着。

彩云痛苦地回忆着，十分伤感地向平安讲述了六年前发生在“灰鲨号”上的悲惨故事。讲到关键时刻，讲到老船长让出救生圈和老者让出樟木箱子的时候，她动了情，情不自禁悲伤地，凄凄楚楚地流出了眼泪。平安听得入了迷，听得心惊胆战，也跟着抽抽搭搭地哭起来。最后，彩云以娃娃的全家获救，得以重生，结束了故事。

故事讲完了，母子两人仍旧沉浸在悲哀激动的情绪中。过了半晌，平安才问彩云：“妈妈，咱们也是遇到海难才到这岛上来的吗？”彩云愣了一愣，连忙擦着眼泪，只好掩饰地，边想边编地说：“瞧你说的，咱可没有那么倒霉！当初到这岛上来，完全是妈妈甘心情愿的！那时我带你坐船回国探亲，你才半岁，大概是因为奶不够吃，你身体太弱，小小年纪，竟然晕船晕得厉害。你整日呕吐，不吃不喝，眼瞅着就要奄奄一息了。妈妈急得简直快要发疯了！有一天，咱们的船刚好路过平安岛。妈妈看见这个小岛这么美丽迷人！当即决定要在这里住一段时间，想等你身体

恢复好，强壮一点儿再走。当时，我找船长商量，并且交予了订金。说好的，过两个月，船再路过这里时就把咱们接走。可恨这船长言而无信，怎么一直没来接咱们呢？”平安的大眼睛忽闪了两下，说：“妈妈，船长一直没来接咱们，你说咱们那条船会不会也像‘灰鲨号’那样，遇到了海难呢？”彩云只得佯装顿然醒悟，说：“是呀，我怎么没想到这一层呢？没准儿咱们被困在这岛上，也是因祸得福，或许咱们已经逃过一劫，只不过不知道罢了。如此说，我也不应该怨恨那个船长了，他不来自有他不来的道理。现在妈妈只盼着哪天运气好了，碰上过往船只能把咱们带出大海，妈妈也就知足啦！”

彩云就这样搪塞了平安，并没有把“灰鲨号”遇难的真相，完全如实地告诉他。好在平安年幼单纯，也就确信不疑了。从此，彩云说话谨慎，尽量避免提到有关“灰鲨号”的话题。当然，彩云之所以这样做，也有她的道理。

彩云和平安相依为命地在海岛上生活。她始终没有把他们两人不是亲生母子的真相告诉平安。彩云想：“这海岛上的生活原本就已经够苦了。孩子这么小，正是天真烂漫的年龄。我不能让孩子因为失去亲人而悲哀悲观，不能让孩子的心灵受到创伤，不能让孩子承受他这个年纪不该承受的痛苦。我要全心全意地疼爱孩子，承担起一个母亲的责任和义务。我要让孩子充分享受到母爱，让孩子苦中有乐，拥有一个轻松愉快的童年！”彩云相信，只要有亲情在，条件即便再艰苦，孩子能在充满爱的环境里生活，对孩子的健康成长总是大有好处的。彩云想：“即使告诉孩子，也要等他长大一点，承受力强了，找一个适当的机会再告诉他。”

当然，凭感情来讲，彩云早已把平安视如己出了，就连她自己都不想承认她和平安不是亲生母子的事实。

讲完“灰鲨号”的故事，彩云抬头望望太阳，说：“时候不早了，咱们该回家吃饭啦！”平安兴致正好，不情愿地说：“再玩会儿嘛！我现在还不饿呢！”彩云笑说：“你现在说不饿，一会儿饿起来，就像只小饿狼一样，只怕看见生的都想往肚里吞呢！”平安一扬胳膊，伸出小手，五指一比画，恳求道：“好妈妈，只五分钟，再玩五分钟好不好？”瞧那模样，好像他对五分钟的概念颇有认识，引逗得彩云“咯咯”直笑。彩云说：“我们平安的五分钟，总有半小时，一小时那么长。”她想了想，又说：“小乖乖，咱们一日三餐，糊里糊涂过日子，从来不知时光。我看咱们不如做个钟表看时间，你说好不好？”平安犯愁地说：“好是好！可是，我没见过钟表，我不会做！”彩云笑着，说：“你不会做，妈妈会做呀！”她说着，站起来，牵着平安的手，说：“走，咱俩现在回去吃饭。吃罢饭，我带你去做钟表。”

第八章 相助

XIANGZHU

一

午后。略微歇息一会儿，彩云就领着平安，带着自制的石锯，走进附近的一片小树林。

两人在树林里寻了一会儿，决定从一棵躺倒的枯树上锯下一个圆木盘。平安抢着要拉锯，彩云就和他一起拉。

石锯毕竟笨钝，俩人的手都磨疼了，一会儿就累得汗流浃背。中间休息的时候，平安看着自己的手，瞧见手心里那块红苹果形的胎记更红了，就像要殷出血似的。他极为不满地对彩云说：“妈妈，你是怎么搞的？怎么把我手心里生了一块红记！”彩云一愣，抹把汗，笑着说：“妈妈是怕你丢了，专门给你做个记号！”“不好，不好！”平安懊丧地叫嚷着，说：“我不喜欢！”彩云笑着哄他：“手心里长块红记怕什么？红苹果记，多好呀！再说了，记长在手心里，既不耽误吃，又不耽误喝，也不影响美观，有什么关系呢？”平安一撅嘴，说：“不喜欢，我就是不喜欢嘛！”彩云笑着，安抚平安道：“小乖乖，你就知足吧！我没让这记号长到你脑门上，已经很不错了。如果不是我手下留情，万一让它长到脑门上，你岂不变成三只眼了？要真是那样，我看你怎么办？”平安笑了，说：“那我就天天拿泥巴糊在脑门上，把它盖住！”彩云“咯咯”大笑，说：“那能盖得住吗？糊上泥巴，红眼睛变成了黑眼睛，那不变成二郎神啦！”平安也大笑起来，说：“二郎神就二郎神，有什么了不起！”娘俩你一句，我一句地说着，笑得前仰后合，疲倦和劳累随着笑声即刻消失了。

彩云、平安俩人说笑着。平安从衣袋里掏出一把松子，他用石头把松子一个个砸开，剥出仁儿放一堆，攒多了，就一个接一个地，给彩云吃一个，自己吃一个。彩云说：“妈妈不吃，你吃吧！”平安不愿意，说：“妈妈吃，妈妈吃嘛！特香，好吃着呢！”两人正在互相推让，突然，一只胭脂鸟飞踅着，轻轻落了下来。它把嘴里叼着的一颗松子“啪”的一声，放在了平安面前。平安高兴地用手轻捋着它火红火红的羽毛，亲切地说：“乖胭脂鸟，你真好！你知道我们爱吃松子，就给我们送松子来了。”平安说着，就去砸那颗松子，口里还对彩云说：“妈妈，你瞅瞅，这胭脂鸟多会献殷勤。它看见咱爱吃松子，就马上给咱们送松子来啦！”可是松子刚砸开，平安话没落音，胭脂鸟脖子一伸，勾嘴一啄，就把那松子仁儿吞进了肚里。彩云在一旁看着，哈哈大笑起来，说：“你以为它是送给你吃的呀？它是让你给它砸呢！”平安笑着，抬手就要去打胭脂鸟。胭脂鸟蹦跳着一躲，伸出脖子连啄几下，就把平安原来砸好的松子仁儿，抢吃了大半，一展双翅，仓皇逃跑了。平安气得冲着飞跑的胭脂鸟儿，挥着拳头大叫道：“回来！坏东西！瞧我不揍死你！”彩云更是笑得差点背过气似的，说：“哎哟……笑死人……了，瞧瞧……这鸟……都成……精了……这鸟都成精……了……”

两人歇息够了，又开始忙碌起来。他们足足用了多半晌的时间，才把圆木盘锯下来。

彩云把圆木盘均分为十二格，按顺序分别刻下时分格，写上：1，2，3……十二个数字。彩云对平安说：“现在还需要找一根笔直的、结实的小木棍。”平安说：“我找，我找。”两个人在树林子里转来转去，终于选了一根较为满意的小树干。树林密不透风，又闷又热，待到锯下小树干，俩人又是大汗淋淋。

他们走出树林，在林边找了一个通风的地方纳凉。平安问：“妈妈，要多久才能做好钟表？”彩云替平安擦着汗，说：“快了！在木盘中间挖个小孔，把这个小树干削个尖头，垂直镶进去，就算完成了大半。”平安疑惑地问：“咱们的钟表会走吗？”彩云指一指平安手中的小树干，又指指太阳，说：“它不会走，太阳会走……”彩云说着话，一低头看见一摊干鸟粪里有两颗麦粒儿。“咦？”彩云惊讶地伸手拈起麦粒儿，放在手心里，伸到平安面前，说：“瞧，多可爱的小麦粒儿！你还是第一次见到吧？”平安皱一皱眉头，囔着鼻子，说：“小鸟屎，臭死了！臭死了！”彩云笑着说：“这就是妈妈以前给你讲过的麦子。把它磨成面粉，可以做面包，馒头，烙饼，香得很！全世界的人，都以这个当主食呢！”平安这才好奇地伸过头，看了看那小小的、黄黄的小麦粒儿，说：“这么小？还没胭脂果的核儿大呢！只有两颗，又是鸟屎里扒出来的，能有什么用？”彩云说：“有用！咱们可以把它当种子种在地上，一颗能变十颗，二十颗，一百颗。走，咱们再找找看，瞧瞧其他鸟粪里有没有麦子。”

彩云和平安几乎找遍了整个树林，不多不少，正好收集了一百颗麦粒儿。平安叹息地说：“唉，太少啦！要是每摊鸟粪里都有麦子就好了。”彩云笑了，说：“你不嫌臭了？”平安抿嘴笑笑，说：“妈妈不嫌臭，我就不嫌臭！”彩云说：“你呀，别太贪心了！这已经很不错了。鸟粪里有麦粒儿，是因为有些小鸟儿消化不良，拉了肚子。要不是这样，就连这一百粒麦子也找不到。”平安叹口气，说：“要是每只小鸟儿都消化不良，都拉肚子就好啦！”彩云“扑哧”一笑，说：“瞅瞅，坏心眼不是？哪有盼着别人生病的！”平安小脸儿一绷，一本正经地说：“妈妈说错了，我不是盼人生病，是盼鸟儿生病。要是小鸟儿们都不生病拉肚子，咱们就没有麦子，我也就不认识麦子啦！”彩云笑着，连声说：“对，对。小鸟儿们都不生病拉肚子，我们就没有麦种。没有麦种，不种麦，我的平安又怎么能吃上馒头和烙饼呢！”平安补充说：“还有面包。”彩云笑得泪光盈盈，瞅着平安的小脸儿，亲昵地说：“对，对，对！”为了平安能吃上面包，最好每只小鸟都拉一次肚子才好！眼下我们真该好好谢谢这些已经拉了肚子的小鸟！”平安小嘴儿一咧，露出两排碎石榴籽儿似的小白牙，笑着说：“就是，就是，它们不拉，咱们怎么吃呀！妈妈，往后我再也不嫌鸟粪臭了。碰上鸟粪我保证仔细看一看，拾了麦子，全交给妈妈保管。”一句话又把彩云逗得放声大笑起来，她笑得直流眼泪，说：“哎哟……平安……小乖乖……你可叫你妈妈省大事了。它们一拉出来……你就能吃，你妈妈还做饭干什么？”

回去的路上，母子俩仍然一路走，一路说笑。他们来到住处，

在木盘中心凿了个小孔，把削尖的小树干垂直镶了进去，做成一个单轴单轮的车轮制品。彩云把尖头朝下，竖直放在地上，两手握着木棍的上端，一搓，木盘立刻晃晃悠悠地转了起来。平安拍着小手，呼喊说："大捻捻转儿，大捻捻转儿！"彩云笑了，说："这可不是什么大捻捻转儿，这叫日晷，是古人用来看时间的钟表。往后呀，咱们就用它来看时间喽！"两人选了一个从早到晚，全天朝阳的地方，用指南针找正了位置，把日晷固定起来。这时太阳早已了无踪影，月亮慢慢出来了。

二

第二天太阳出来的时候，彩云和平安去看他们的"钟表"，小木棍的影子正好落在"7"上。彩云说："瞧瞧，现在刚巧是清晨七点整。眼下正是种麦子的季节，吃过早饭，八点钟咱们就去种麦子！”

早饭后，彩云带着平安，来到清溪河岸边，选了一块傍水向阳的荒草地，作为他们的庄稼地。两人拔去野草，用木锨翻开泥土，平整好土地，把那珍贵的一百颗麦粒儿种了进去。彩云望着那块一平方米的麦田，激动地说：“孩子，咱们一定要好好呵护这块麦田。咱娘儿俩能不能吃上馒头、烙饼，可全靠它了！”

从种上麦子那天起，平安每天都跑去察看麦田。一连数天过去了，麦苗还是没出来。平安焦急地问彩云，说：“妈妈，麦苗怎么还不出来呀？”彩云说：“别急嘛！麦粒变成麦苗是要有个过程的，过两天再看看吧！”她嘴里虽然这么说，心里却也有些担心，唯恐那些麦粒在鸟肚子里变成了死麦。

说话的那天晚上，刚好下了一场雨。第二天，平安跑过去再看，高兴得拍着小手直蹦。只见麦田里齐刷刷，绿莹莹，嫩乎乎，长出了幼苗。平安飞跑着回来报信儿。彩云一听说，也慌忙跑去观看。这麦子有出苗的，也有没出苗的。两人数了数，一共七十七棵小苗。过了两天又出了几棵，再过两天又出了几棵。最后，一共出了九十七棵麦苗。彩云、平安俩人高兴极了。他们生怕鸟兽侵害麦苗，又弄些树枝木棍儿，给麦田扎起了篱笆墙。

从此，彩云、平安给麦田拔草，施肥，浇灌，麦苗长得特别茁壮。麦子原是分蘖植物，经过一冬天的盘根分蘖，第二年的春天麦子抽穗、扬花、灌浆了，麦穗由绿变黄。到了收获的季节，竟然收了六百多穗麦子，可真把彩云、平安乐坏了。

平安拿着金芒闪烁的麦穗，问：“妈妈，几个麦穗可以做一张烙饼？”彩云想了想，说：“大概得几十穗吧，可是咱可不能把这些麦穗都吃掉！”平安疑惑不解地问：“为什么呀？”彩云晃晃手中的麦穗，说：“这点麦子，要吃，一顿就吃光了。如果把它们当作种子，再种到地里，明年几百穗变成几千穗，后年几千穗变成上万穗。连着种上三五年，到时候，咱们就会天天都有白面吃了。”平安恍然大悟地点点头，可是稚嫩的小脸上，流露出一种掩饰不住的失望。彩云瞅在眼里，心中一阵难过。她想：孩子长那么大，没吃过一口米面，真是太可怜了！她嘴上没说，

心里已拿定了主意。

第二天清晨，彩云起早赶海回来，平安才睡醒。平安跑出去撒尿，因听见知了的叫声，就想去捉个知了或爬叉。他憶憶怔怔地向那棵老榛树走去，刚走到树下，就看见地上躺着一只气息奄奄的夜鹰。平安立刻清醒了。他小心翼翼地拾起夜鹰，夜鹰睁眼看看他，就又无精打采地闭上眼睛。平安惊慌地想："不好！它快要死了，必须马上救救他！"他抱着夜鹰，飞快地跑回山洞。平安一进门，就气喘吁吁地大喊："妈妈，不好啦！我的救命恩人从树上掉下来啦！"

彩云正在做早饭，听见平安大呼小叫，连忙回过身来。她看见平安手里握着个软塌塌的夜鹰，急忙擦净手，接过来，说："让我看看，伤在哪儿啦？"夜鹰睁眼瞅瞅彩云，"叽叽"地叫了两声，又闭上了眼睛。那是一种痛苦悲哀的目光，那目光深深打动了彩云。她亲切而温和地安抚着夜鹰："可怜的小乖乖，别怕，别怕！我们会全力以赴帮助你的，相信你很快就会好起来的！"她仔细地把夜鹰检查了一遍，并没有发现任何外伤。彩云对平安说："夜鹰没有受伤，它是生病了。无论如何，咱们要想办法治好它，先喂它点菘蓝根水，试试看吧！"彩云立即停止做饭，拿出晾干储备的菘蓝根，很快熬了些微黑微黄的药水。她把熬好的菘蓝根水倒在蚌壳里凉着，又掐了一根空心草秆儿，吸着药水，像点眼药似的，掰开夜鹰的嘴，一滴一滴地滴进它的嘴里。彩云查着数，一共滴了十多滴，就停了下来。她对在一旁帮忙的平安说："行了。观察观察再说，现在让它先睡一会儿吧！"她说着，用引火的干草，做起了一个草窝儿，又拿来一块儿自己的麻绢铺上，把夜鹰放了进去。彩云又叮嘱平安："待会儿吃过饭，咱们上完课，你去逮几只蚂蚱，等它睡醒了，看它吃不吃。"

平安去捉蚂蚱了。彩云趁着平安出去的功夫，拿出已晒好的几十穗麦子，搓成粒儿，放进石凹里捣成面粉。她十分精心地用鱼油烙了一张黄灿灿的，海鲜野菜馅的馅饼。这时，刚好平安捉蚂蚱回来。他一进门，就嗅着鼻子，说："嗬！好香，好香！妈妈做什么好吃的啦？"彩云把馅饼送到平安面前，亲切地笑着，说："快！去洗洗手，趁热吃。"平安有生以来还未曾见过馅饼，奇怪地问："这是什么东西呀？"彩云一笑，说："不认识吧？这就是小麦面馅饼！""小麦面馅饼？"平安惊呼，他突然觉得自己饿极了！平安一面匆匆忙忙地在蚌盆里洗手，一面奇怪地问："妈妈，你不是说头两年的麦子不能吃，是要留麦种的吗？"彩云说："妈妈只拿出几十穗给你做了个饼，剩下的五百多穗做种子。"平安兴致勃勃地接过馅饼，笑眯眯地放在鼻子上闻闻。他正要张嘴吃馅饼，可是馅饼送到嘴边，他突然停住了。彩云纳闷地催促道："怎么了？香着呢！快吃吧！"平安举起馅饼，送到彩云嘴边，说："妈妈吃，妈妈先吃！"彩云心里一酸，说："好

孩子，妈妈不饿，你快吃吧！”平安不依，坚持说：“妈妈不吃，我也不吃。”彩云眼睛发热，哄劝道：“好孩子，妈妈真的不饿！”平安一噘嘴，说：“不行！妈妈不吃，我就不吃！”他说着，把馅饼往岩石桌子上一放，就往门口走去。彩云心中感动，慌忙拦住了平安，她只好拿起馅饼，哄着平安，说：“妈妈吃，妈妈吃。你看着，妈妈现在就吃！”彩云嘴张得大大的，咬下的却是小小的一口馅饼。平安仍是不愿意，笑着嚷着：“不行，不行。妈妈骗人！不算数，不算数！”彩云含泪把平安揽在怀里，爱怜地抚摩着平安的头，温和地乖哄他，说：“我的好孩子，你快吃吧！你吃完馅饼，再吃些鱼和菜，喝些汤。你要吃得饱饱的，赶快长大。等你长成男子汉，就可以给妈妈干许多的活，到时候多种些麦子，咱们就会有吃不完的馅饼。好孩子，听话，快吃吧！你要再不肯吃，妈妈可要生气了！”她说着，把馅饼送到平安嘴边。平安这才接过馅饼，咬了一口。他一面津津有味地咀嚼着馅饼，一面连声说：“好香，好香，好好吃！”平安只觉自己长这么大，还是头一次吃到这么好吃的东西呢。

三

平安吃着馅饼，彩云拿着他捉来的蚂蚱去喂夜鹰。这时，夜鹰竟然精神了许多。它一看见蚂蚱，还没等喂它，就抢上来啄了一口，那尖嘴啄得彩云手指麻疼。彩云笑着嗔怪它，说：“瞧瞧，刚好一点，就凶起来……”她一句话没说完，忽听外面吱吱哇哇，吵吵嚷嚷，乱成一片。平安拿着馅饼跑出去，站在山洞口往海边一望，只见许多猴儿正在海水里打架。平安连声急喊：“妈妈，妈妈，快看呀！小百灵它们又在打架了！你瞧，有个猴儿快要淹死啦！”

彩云跑出山洞，向海边一望，真是又急又惊。只见一群猴儿吵吵闹闹，吱哇乱叫，正撵着一只猴儿连赶带打，把那猴儿往深海里驱赶。一准又是小百灵领着它的部下，在欺负那个下了台的老王爵。彩云大步流星，往海边跑去。

彩云赶到海边，就见一群猴儿正抓住老王爵，往海水里狠按。虽然老王爵一蹿一蹿地拼命挣扎着，却每次都又被它的伙伴们重新按了下去。老王爵大张着嘴，已经发不出声，海水像灌进了一个暗洞里那样，往它嘴里流淌着，眼看它已是命悬一线。

彩云焦急万分，她大声呵斥道：“滚，滚，都滚开！放开它，快放开它！”她连拉带拽，驱散众猴儿，用两手架住那只已经昏厥了的老王爵，把它拖到岸上。老王爵满肚子海水，腹胀如鼓。彩云急匆匆拖着它来到平安平时玩耍时堆起的沙堆前，刚好这时平安也赶到了。彩云和平安架起老王爵，让老王爵面朝下，把它的腹部放在沙堆上。彩云轻轻地按压老王爵的背部，慢慢地挤出它肚子里的海水。

彩云、平安俩人忙活了大半天，那奄奄一息的老王爵才渐渐活转过来。众猴儿们始终站在一旁观望。这时，彩云阴沉着脸走近小百灵，气呼呼地注视着它，凶巴巴地训斥道：“小百灵，是你的主意吗？我已经跟你说过多少回了，你为什么不能宽容点呢？凡事总要留点余地嘛！你今天这样对待你的手下败将，他日你败了，人家也会这样对待你的，你知道不知道？！”小百灵惧怕地低下头。彩云又是训斥，又是开导，又是哄劝地说了半天，直把小百灵说得满面羞愧，这才罢休。临了，彩云拍拍小百灵的肩头，温和地说：“老王爵是有对不起你的地方。可是，你也不能变本加厉嘛！你总该善良大度点才好，往后再不准这样了！你去吧，将你的部下都带回去！待老王爵缓过劲来，我把它送过去。”小百灵带着它的部下，一溜烟地跑了。

老王爵终于苏醒了。彩云一边替它擦身、理毛，一边教导它，说：“瞧你，当初称王的时候作威作福，残忍霸道，今天可遭报应了吧？往后好好痛改前非，千万别再得志就猖狂啦！”那老王爵被她教训得唯唯诺诺、温温顺顺，现出一副知错认罪的模样。

哪知这猴子极有良心，在以后的岁月中，它知恩图报，极力地帮助着彩云和平安。

第九章 发现

FAXIAN

一

小平安六岁那年，整个夏季，忽晴忽阴，雷雨不断。平安岛上又湿又热，许多树干上和石头上都挂上了绿茸茸的苔衣。

遇上这样的天气，人只有浸泡在水里，多在海里游游泳，才会感到清爽舒服些。因此，彩云、平安一有空，就带着救生圈到海边游泳。两人游泳游得多了，慢慢就熟悉了水性，游技渐长。仰泳、蛙泳、蝶泳……各种游泳姿势他们全学会了。尤其是平安，年龄虽小，人却十分机灵，各种游泳技巧，他都掌握得特别快。他游起泳来轻灵柔软，敏捷迅速，就像一条海里生海里长的小鱼人儿，游姿格外优美。

有一天，平安提出要和妈妈来场游泳比赛，彩云欣然答应了。她想了想，说：“比赛可以，不过为了安全，咱不能往深水区游，只围着平安岛游怎么样？”围着平安岛转圈，这是个不错的主意。平时，彩云、平安经常是走陆地在岛上转来转去，还从来没有走水路观赏过平安岛呢！平安高兴极了！此时，天色已晚，两人决定第二天举行游泳比赛。

第二天，彩云和平安早早起床。吃过早饭，两人来到海边时，太阳才刚露红，美丽的海霞飘满了半个天空。一群海鸟在海面上追逐欢鸣，它们熙熙攘攘，朝气蓬勃地你追我逐，好像专程赶来观看游泳比赛的观众。

彩云、平安都穿上了彩云用细麻编织的彩色游泳衣。两人在沙滩上慢跑轻跳，踢脚伸腿，做着赛前准备。待到太阳冉冉升起时，两人下了海。他们在海里轻游慢划了一阵，直到身体适应了，游兴乍起，彩云才对平安说："现在我们的比赛可以开始了。比赛前妈妈再给你定下一条规矩，身在大海里，可不比在陆地上，谁也不许过分地逞强！比赛期间，一切行动听妈妈指挥！我让游就游，我让停就停，我叫休息就休息，你说可以不可以？""可以。妈妈是教练，我听妈妈的！"平安笑逐颜开地点头答应了。

比赛开始了。彩云郑重地宣布："平安岛第一届夏季自由泳比赛现在开始！"两人齐声喊着："一、二、三！"同时跳进海里划水拨浪，一齐冲向前方。彩云、平安按预定路线，绕着平安岛，顺着浅水区，游向平安岛的东北方向。

平安沿途兴致勃勃，很是努力。他一会儿像只夹水纵游的小青蛙，一会儿像只跳跃冲浪的小海豚，一会又像只直立浮游的大海马，许多小鱼海虾都被他甩到了后面。他一路领先，相当得意。然而彩云只伴在平安左右，或者稍稍靠后，始终不肯游向前去。

不多久，两人游到了清溪河的入海口处。早潮刚退，河海之间的落差较大，这里水流湍急，波翻浪涌。彩云喊住平安，说："暂停，暂停！上岸休息！"听到命令，平安虽然兴致正浓，也只好停下。这时，彩云说：“现在已经游了全程的三分之一，平安暂时领先。这里流急水深，可以说是个险关。咱们暂时在岸上歇一会儿，再去冲浪闯关。”彩云、平安登上海岸，坐在沙滩上歇息，观赏着清凌凌的溪水源源不断地注入大海。

彩云替平安抹拭着头上和身上的海水，夸赞地说：“好孩子，你真不简单！你游得又快又好，简直就像一条小海鱼！”平安受到夸奖，特别高兴。他拍拍自己的胸脯，一挑大拇指，大大咧咧地说：“哼！我是天下第一，我比小鱼海虾它们游得都快！”彩云看见平安得意忘形的样子，嗔怪道：“瞧你狂的，骄傲了不是？”

待到休息过后，再下水的时候，彩云始终超出平安一米多远。任凭平安怎样急游猛撵，却总也赶不上妈妈。两人大概游到三分之二地段时，看见一片黄澄澄的金沙滩。他们再次登岸休息，俩人以一比一平，暂时休赛。

这时，太阳高照，炽热明亮的阳光炫目耀眼。海面上薄雾渐散，波光闪烁。母子二人坐在汪洋世界里看大海，更加感到泱泱泽国的无边无际。

彩云、平安坐在松软的沙滩上休息。平安有些怏怏不快。彩云笑眯眯地望着他，说：“怎么了？孩子。为不是第一生气了吗？”平安噘着小嘴不吱声。彩云一笑，故意激他，说：“你别生妈妈的气。待会儿再比赛时，我让着你，让你得第一，好不好？”平安大眼睛里含着泪，说：“谁要你让！我往后好好练习，非得超过你不行！”彩云“啧啧”称赞，说：“好小子，有志气，这才是好样的！不过第一可不是那么好拿的。咱可得赢得起，也输得起啊！”

彩云、平安说着话，平安用小手下意识地胡乱挖扒着黄沙。突然，他的指尖被一个尖硬的东西碰得生疼。平安低头一看，原来是个海螺壳。他狠挖几下，把海螺壳拔了出来，用手抹去上面的黄沙。嗬！这真是个漂亮的海螺壳儿！这海螺壳黑白相间的螺旋形花纹，黑纹如豚背那么黑，白纹如豚腹那么白。平安把海螺壳放在嘴边吹着，发出悠远深长的呜呜声，吸引得海鸟们都呱呱啾啾地飞了过来。平安开心起来，他把海螺壳递给彩云，说："妈妈，你看这海螺壳多漂亮！"彩云接在手里，仔细观赏着，赞叹着："这个海螺壳的确很好看，它是我见到的最漂亮的海螺壳！"正说着，她回眸一看平安挖海螺的那个沙坑，不觉一怔，惊异地说："难道这下面还有个蓝色的海螺壳吗？""让我看看，让我挖！"平安抢着说。他兴致勃勃地低头再看时，只见沙坑底部的确有宝盈盈的一片蓝。彩云蹲在一旁看着，平安又奋力挖了起来。待挖到一半时，彩云情绪禁不住激动起来，她跪在地上，颤声说："轻点，别把它弄烂了！"说着，也小心谨慎地帮平安挖起来。

两人小心翼翼地扒挖着泥沙，不一会儿，竟然从泥沙里挖出一个白底蓝花的大瓷碗。这碗因黄沙覆盖，没被风蚀，花纹清晰，胎体完好，釉泽光亮。碗壁外侧为荷莲鱼戏纹饰，颜色清淡典雅，蓝中透灰，十分精美别致。

彩云珍爱地把碗托在手掌上，仔细端详着碗上的花纹，心里一阵激动，不知不觉地流下泪来。

平安惊诧地问："妈妈，你怎么哭了？我怎么没见过这样的海螺壳呀？"

彩云用手背拭了拭眼睛，说："这不是海螺壳，这是碗，是大陆人吃饭用的青花瓷碗。”

“是碗？”平安更糊涂了。他奇怪地问：“吃饭的碗这么漂亮！这碗怎么会在这里埋着呢？”

彩云伤感地说：“一准又有一艘遇难的轮船，或迷了路，或遭了暴风雨，误入了附近海域。多半是这船沉入了海底，船上的货物被海浪冲上了岸，天长日久，埋进了泥沙里。”

平安听了这话，也觉悲惨，竟然一时默然无语了。

彩云擦擦眼睛，把碗递给平安，笑着说：“你看看，是这碗漂亮，还是海螺壳漂亮？要叫你只选一个，你要哪个？”

“我要这碗！”平安把碗接在手里，毫不犹豫地说。平安有生以来，第一次见到吃饭用的碗，况且这碗又这么漂亮，自然觉

得新奇好玩。他一边夸赞碗漂亮好看，一边左瞧右瞧，爱不释手。他蓦然发现碗底上有字，不由得惊叫起来，说：“妈妈，你看，这碗上有字！”

彩云把碗接在手里看时，只见碗底上二行六字，楷书落款：大清雍正年制。彩云不由得叹息，说：“别看这小小一只碗，它比咱俩的年龄加在一起还要大。”

平安忽闪着大眼睛，说：“妈妈，用这东西吃饭多得劲儿！咱们多找几只碗，就可以不用贝壳吃饭了！”

彩云说：“说得对。咱们再找找看！”

彩云、平安又挖了半天的黄沙，只不过找到一些破碎的磁片。彩云看看天色，催促说：“咱们得把比赛进行到底！赶快走吧，时间长了，肚子一饿就没劲儿啦！”

可是，比赛再进行的时候，他们母子齐头并进，谁也不肯再往前冲。俩人小心翼翼地保护着这只珍贵的碗，谁也无心争夺冠军了。

这以后，彩云、平安又多次去得碗的地方寻碗。他们几乎寻遍了近海浅滩，挖遍了那片黄沙滩，除了得到一些碎花磁片，仅又得到一只带豁的，青花瓷花鸟纹的高脚杯。杯底上仍有“大清雍正年制”的字样。平安问：“妈妈，雍正是谁？”彩云说：“雍正是清朝的一个皇帝。”于是，一连数天，彩云又尽自己所知，把清朝历史当故事讲述给平安听。

一天，平安听着故事，不知怎么又提到碗的事。他情不自禁地问彩云，说：“妈妈，那有碗的船上的人，都被大海淹死了吗？”彩云不想让平安了解过多的残酷，也不想让平安对目前的

处境悲观失望，只听她说：“这条船多半是商船，船上的人不会太多。这里又离海岛近，几只救生圈就足够他们逃生的了。我想不至于都淹死，说不定他们像咱们一样，还在这个岛上生活过呢！”平安饶有兴趣地又问：“那他们后来会怎么样呢？”彩云心神恍惚，未加思索，正想脱口说：“老死了呗！”她话没出口，忽觉不妥，随即就说：“我想，大概是让过往的船只救走了吧。”

彩云说这话的同时，也在心里对自己以往的判断更加确信无疑了：“这是一个没有任何船只可以抵达的暗礁区。无论是船是人，流落到这里，多半是遇到了不测。”但她对这个结论只字不提。她只能把失望留给自己，把希望留给孩子。

彩云、平安自从得了那碗和高脚杯，俩人相互让碗让杯，谁也不肯使用。最后，只好把那碗和杯子当陈设摆了起来。两人仍用贝壳、竹筒吃茶饭。

二

这天，彩云正在海边剥杀拾来的鱼贝，刚刚还是万里无云，顷刻间就乌云密布，雷声滚滚。刚才还在沙滩上追蜻蜓的平安，这时却不见了踪影。彩云不放心，赶忙放下手中的活计，拿着自制的斗笠和蓑衣，四处找寻。

彩云先到小石山，又到胭脂林，再赶到青草地，都没有见到平安。这时，狂风骤起，天空中滂沱大雨倾盆而降。彩云顶风冒雨，一边找寻，一边大喊："平安……平安"。风雨刮得彩云根本睁不开眼睛。她一直找到清溪河边，来到原始森林附近，仍不见平安的踪影。她又急又气，又担心，生气地想："这孩子，整天交代他玩耍时不要跑远，他就是不长记性！"虽然从小到大，彩云从没动过平安一指头，但此时她发狠地想："今天找到平安，非得狠狠教训他一顿不可！"

雨大风狂，斗笠和蓑衣都失去了作用。彩云的衣服全湿透了，又冷又凉地贴在身上。她站在清溪河畔，瞧着那上涨的河水汹涌澎湃，浊浪携着泥石打着旋涡奔腾远去。彩云禁不住又胡思乱想地害起怕来。彩云平时就有个毛病，每逢遇到类似今天这种情况，她总爱自己吓自己，总爱往坏里想。眼下她老毛病又犯了，生怕平安有什么不测，急得忍不住直流眼泪。她顺着河岸，一路跌跌撞撞，来到了一座长着许多野麻的小山脚下，破着嗓子高声大喊："平安……平安……"

正在彩云焦急不安，惶恐无奈的时候，身后忽然传来一个稚嫩的呼应声："妈妈，妈妈，我在这里！"彩云转身一看，野麻丛中探出一个小脑袋。这不是平安是谁？彩云禁不住地又惊又喜，欣喜地说："哎哟，小乖乖。你怎么在这里？"她那颗七上八下的心总算落了地。

彩云拨开野麻丛，立刻露出一个小山洞。原来平安正在这个小山洞里躲雨呢！彩云一弯腰进了山洞，平安笑嘻嘻地说："妈妈，天下雨了。小兔躲了起来，松鼠躲了起来，小鸟躲了起来，七星瓢虫藏在了野麻的叶子下面。我发现了一个好玩儿的山洞，也藏了起来！"彩云看见平安安然无恙，立刻欣慰地笑了。她蹲下去，亲昵地替小平安理一理蓬乱的头发，给他擦擦小脸蛋上的灰土，嗔怪道：“傻孩子，你怎么到处乱跑！万一遇上毒蛇猛兽怎么办？这么大的风雨，万一被山洪冲走怎么办？妈妈平时对你说的话，你怎么全忘了？往后我到哪里，你到哪里，不许到处乱跑！”

平安自知无理，他一边帮彩云去斗笠，解蓑衣，一边说：“妈妈，你冷吗？你的衣服全湿透啦！都……都是我不对！妈妈，对不起，我以后保证听话，再也不到处乱跑了！”平安有点儿内疚，也有点儿难过。他用小手替彩云抹着脸上的雨水，那张稚气的小脸上显出一副懊悔的神情。

彩云满腔的怒火早已烟消云散了，她温柔地一笑，连忙安慰平安，说：“不冷，孩子。妈妈一点儿都不冷！往后不论到哪里去玩，一定要先告诉我一声，好不好？”平安乖巧地点点头。彩云慈祥地抚摩着平安的肩头，站了起来。她仔细地打量着这个小山洞。只见这山洞不算宽绰，洞顶尖高，呈现塔形。洞顶上方有一眼小孔，直通洞外，一束光线透进来，使得洞内就像点了盏灯，还算明亮。这山洞，口小肚大，容纳五六个人不成问题。洞内有一块蛤蟆形的大石头，它的四条腿好像四把凳子，脊背低凹，光滑而平展。整个蛤蟆石，恰似天然一组桌凳，给山洞平添了几分方便，几分舒适。彩云、平安在山洞里，坐在蛤蟆石上有说有笑，一直等到雨过天晴才离去。

打这以后，平安经常到这个小山洞里来玩耍。他把拾来的贝壳，海螺，漂亮的小石头，美丽的野花，可爱的树叶和芳草，还有雍正年间的青花瓷片……都摆在了那个蛤蟆石上。这个山洞以后就变成了平安的游戏室，玩具宝库。

三

虽然平安承认错误时总爱说：“我以后保证听话！”但他毕竟是孩子，还是时不时地会犯些错误。

这天，彩云偶感风寒，有些发烧。她喝些草药发汗，昏昏沉沉地想睡觉。彩云临睡觉前专门喊过平安，叮嘱他说：“妈妈有点儿不舒服，想睡一会儿，你好好看书，做作业，就在附近玩耍，不要到处乱跑，不许到海边游泳……”平安一一点头答应了。

彩云睡着后，平安就坐在山洞前的石头上读书。可是，他刚读不久，小百灵就带着一群猴儿来找他玩耍。小百灵特别喜欢那两只曾经救过彩云、平安性命的救生圈。平安正和别的小猴儿们戏耍时，小百灵趁平安不注意，就带着他的两个部下，悄悄溜进山洞，偷出了救生圈。众猴儿们见了，你争我抢，推推搡搡地抬着两只救生圈往海边走去。平安非但不劝阻，还推波助澜地帮它们抬。

平安和众猴儿们轮换使用着救生圈，疯了似的在海水里尽情戏耍。一直到人和猴儿个个都累得神困体乏，筋疲力尽，这才善罢甘休。大家尽兴玩耍后，随意地把救生圈丢在浅水区里，陆续上了岸。平安学着往日和彩云一起游过泳的样子，躺在沙滩上晒太阳。众猴儿依样画瓢，纷纷效仿，个个仰面朝天，也四仰八叉地躺了下去。人和猴儿不知不觉地都睡着了。待他们睡醒，相继起来时，这才记起了救生圈。海上无风三尺浪，海水流转，救生圈早已漂得无踪无影了。此时，人和猴儿才都感到事情不妙。小

百灵带领他的部下，急纵如飞地逃进了小石山。只有老王爵留了下来。它陪着羞惭懊丧的平安，一直在海边坐到了天黑。

再说彩云，天黑时才一觉醒来。她见平安不在，放心不下，连忙出门寻找。她喊了几声，无人回应，就赶忙往海边找去。这时，星星在天空中闪烁，月亮还没出来。平安正坐在黑暗中垂泪，潮汐哗啦哗啦地响着，在他面前一涌一涌地拍打着沙滩，仿佛有意在嘲讽他的晦气。

老王爵极其恭敬殷勤地迎接了彩云。它带着几分讨好，几分不安，把彩云拉到了平安面前。彩云立刻感觉气氛不对，她转身对老王爵说："老王爵，谢谢你！你一直陪平安到现在。我来了，你赶快回去休息吧！"老王爵"呜啊呜"地答应着，它像鞠躬一样弯了弯腰，如释重负似的，往小石山去了。

彩云这才探身仔细瞧着平安，问：“孩子，我叫你你怎么不答应？谁欺负你了？好好的怎么哭了？”经彩云这么一问，平安爆发似的“哇哇”大哭起来。他一边哭，一边说：“妈妈，我错了！我……我把救……救生圈丢了！”彩云不由得一惊，那两只救生圈可是他们最重要，最珍贵的家产之一，也可能是拯救它们走出大海的唯一依赖。她问：“两只都丢了吗？”平安哭着，说：“都丢了！都让海水冲走了！”彩云心中一震，满腔怒火直往头上涌。她真想拉着平安狠狠地揍上一顿，可是瞧见平安哭哭啼啼的伤心模样，她立刻心软了。彩云温和地说：“我以为什么大事呢！丢就丢了，反正咱俩都会游泳了！平安都会和小鱼比赛游泳了，还要救生圈干什么？”彩云一席话，使平安一颗惧怕悔恨的心得到了极大的安慰，他立刻破涕而笑。他欣喜地从地上跃起来，高兴地拉着彩云的手，问：“妈妈，你真的不生气？妈妈，你的病好了吗？”彩云微微一笑，和蔼地说：“这有什么好生气的。我好多了，咱们回家吃饭吧！”

路上，娘俩手拉着手走着，彩云亲切而严肃地说：“平安，无论如何，你今天是犯了个大错误。妈妈睡觉前，是怎么叮嘱你的呀？你怎么都忘了呢？”平安羞愧地低下头，内疚地说：“妈妈，都是我的错！你罚我吧！”彩云说：“你自己说吧，应该怎么罚你呢？”平安说：“怎么罚都行。我听妈妈的！”彩云想了想，蛮认真地说：“你口口声声都说听妈妈的话，你真听了吗？你既不听妈妈的话，那就三天不准叫我妈妈吧！万一没记住，顺口叫出来，那就罚你洗碗！”平安一听，着急地大叫起来，说：“那不行，那不行。洗碗可以，不叫妈妈可不行。我建议，我明天一天不出门，作业多写几遍还不行吗？妈妈，求您啦！”彩云心里微微一热，没再说话。她紧紧地握着平安的小手，踏着夜色往住处走去。

第十章 地震

DIZHEN

一

每年秋季，彩云总像收割庄稼那样，收割一些野麻。她在清溪河边上挖个坑，把野麻扔进去，灌水沤糟沤烂，捞出来的却是一些白生生的麻坯儿。她把麻坯洗净、晾干，制成麻线，用麻线编织被褥、来年的衣帽和鞋袜，及各种穿戴。

这天上午，在那座长着一片野麻的小山脚下，彩云、平安正在收割野麻。彩云偶尔起身喘息，环顾四周：远看山影重重，天高海阔，近看清溪潺潺，花草遍地。她一时激情顿生，忍不住放声唱了起来：

艳阳明，云儿飘。
海洋蓝，水淼淼。
谁知世上平安岛？
清溪穿岛流，
胭脂果儿挂树梢。

雪白猴儿山崖跃，
胭脂鸟儿林中闹。

艳阳明，云儿飘。
海洋蓝，水淼淼。
繁华世界谁料到？
恶浪卷船破，
彩云平安落荒岛。
世外桃源自逍遥，
数年寒窗荒疏了。

艳阳明，云儿飘。
海洋蓝，水淼淼。
吉人天相何日应？
祥云踏波来，
一缕清风送船到。
离岛弃海归航去，
载我母子入人潮。

彩云歌声刚止，平安立刻拍手喝彩：“妈妈唱歌真好听，妈妈唱歌真好听！”彩云笑着，说：“你这个巧嘴小八哥，又哄妈妈高兴呢！”平安笑说：“我没哄妈妈高兴，妈妈唱歌真的很好听！”彩云说：“妈妈唱歌算什么好听，大陆上的歌唱家们唱起歌来，那才叫好听呢！”平安好奇地问：“他们长得漂亮吗？”

彩云一听，笑了。她想了想，说：“人们在欣赏歌舞的同时，也要欣赏艺术形象，应该说他们多数都是挺漂亮的！”“哦……”平安若有所思，又问：“比妈妈还漂亮吗？”彩云“咯”的一声，又笑起来，说：“那当然。妈妈算什么漂亮！妈妈不过是普通人罢啦！”平安脱口说：“不对！我妈妈最漂亮！我妈妈是世界上最最漂亮的人！”见平安急得涨红了小脸儿，一副很认真的样子，彩云心中又感动，又难过。她知道平安热爱自己的妈妈，此时所言，是发自内心的由衷之言。可是，孩子自小从没见过除她以外的任何人，他对人容貌的美丑，又能有多少感知和认识呢？彩云心里隐隐作痛，只觉得孩子好可怜，他的生活也未免太封闭了。她放下手中的野麻，往身上抹了抹手，疼爱地抚摸着平安的头，替他擦了擦脑门上的汗，感动地说：“好孩子，你这是儿不嫌母丑！在妈妈眼里，平安才是世界上最最漂亮的人！”

母子二人一边说话，一边干活。平安看见那些野麻有高有矮，有粗有细，密密匝匝地挤在一起长，他好奇地问：“妈妈，为什么野麻和野麻挤在一起长？蘑菇和蘑菇挤在一起长？”彩云说：

“这叫物以类聚，你看……”彩云指着树林和野花野草，说：“这树爱和树扎堆，花草爱和花草扎堆，同类东西总爱聚在一起。还有句话，叫‘人以群分’，说的是什么样的人就爱和什么样的人在一起。”“哦，我明白了。”平安恍然大悟，“小兔爱和小兔在一起；小猴儿爱和小猴儿在一起；胭脂鸟爱和胭脂鸟在一起；海龟爱和海龟在一起；海星爱和海星在一起；鱼爱和鱼在一起；虾爱和虾在一起……”平安还想往下说，彩云忍不住“咯咯”地笑起来。她笑着，说：“这叫鱼找鱼，虾找虾！”平安正颜正色地补充道：“演员爱和演员在一起，观众爱和观众在一起，好人和好人在一起，坏人爱和坏人在一起……”他还想继续往下说，彩云咯咯地大笑着，她笑弯了腰，笑出了眼泪，彩云捂着肚子，说：“哎哟，小乖乖，你真是妈妈的小活宝！哎哟……笑死妈妈啦！……我的平安真聪明！”

彩云母子正说得兴高采烈，突然一只身形敏捷，羽色鲜丽的胭脂鸟飞来，一合翅膀落在了平安的肩头上。平安伸手抓住胭脂鸟，托在手里，逗弄着它，说：“胭脂鸟，你是来帮我们干活呢，还是来听我妈妈唱歌呢？”那胭脂鸟在他手心里蹦了两下，偏着头，睁着圆圆的眼睛，静静地望着平安，好像在专注地听他讲话。平安又说：“你要是来干活的呢，你就围着我转一圈，你要是来听我妈妈唱歌的呢，你就扇一扇翅膀。”他话刚落音，那胭脂鸟竟然真的扇了扇翅膀。平安高兴地大叫起来，说：“妈妈，快看，快看！它是来听你唱歌的！”彩云笑了，说：“它倒怪会凑热闹，它唱起歌来，比妈妈唱的都好听，还是让它唱一支吧！”平安逗着胭脂鸟，说：“喂，胭脂鸟！你刚才听了我妈妈唱歌，你拿什么报答我们呢？你是给我们唱支歌呢？还是帮我们做点儿事情？”那只胭脂鸟看着平安“啾啾”地叫了两声，好像在问：“你说呢？你想让我怎么样？”平安灵机一动，对彩云说：“妈妈，你不是盼着走出大海吗？咱也别让它唱歌了，咱写封信，绑在它腿上，让它给咱送信好不好？”彩云笑着点头称赞，连声说：“好主意，好主意，这个主意不错！我的小平安果然聪明！”平安犯愁地说：“可是这里什么也没有，这信怎么写呢？”彩云说：“有办法，能写！”她说着掐了二寸长的一段麻秆儿，剥去绿皮，露出雪白的白麻秆儿，用手搓干白麻秆上的湿粘，说：“就写在这上面。”她

说着摘了一个黑麻壳，用麻壳的尖儿往左手食指上一扎，指尖上立刻沁出鲜红的血珠儿来。她用麻壳尖儿蘸着手指上的鲜血，在白麻秆上，工整地写下了几行小字：

请您救救太平洋里，平安岛上的落难人！

落难人田彩云携幼子平安敬礼！

平安没想到妈妈会用这种方式写信。他看着彩云写完信，禁不住长长吁了一口气，慌忙抓住彩云的手，盯着她的食指，关切地问：“妈妈疼吗？你要不要紧？”彩云轻松地一笑，说：“没事！针扎一下，能有多疼？”她说着，用嘴吹干白麻秆儿上的血迹，又扯下一块老麻叶，把写着血字的白麻秆儿包裹得严严实实，用一根麻批捆紧，然后牢牢地绑在胭脂鸟腿上。这时彩云、平安都有些激动地看着胭脂鸟，平安对胭脂鸟说：“好胭脂鸟，乖胭脂鸟，你帮帮我们吧！我们可把希望都寄托在你身上了，请你一定要把信送出去！”她说完，一松手，那只胭脂鸟“哧楞”一声飞了起来。彩云、平安仰头瞻望，只见胭脂鸟在天空中迅速地盘旋了两圈，一掉头，向远方飞去。只一转眼就不见了。

二

彩云、平安目送走了胭脂鸟，两人的心情都有些惆怅而沉重。他们正要继续干活，老王爵找来了。自从上次彩云在海边救了它，它就经常喜欢和彩云、平安母子亲近。平安一看见老王爵，连忙招手喊着："老王爵，快来帮我们干活！"老王爵不紧不慢地走过来，当真像模像样地帮起忙来。它把那些砍下来散放在地上，东一把西一把的野麻，都归拢在一起，没多久就堆摞出一座小小的绿山。彩云看见了，高兴地夸赞老王爵，拍拍它的肩头，说："老王爵，你真了不起，真能干！我和平安谢谢你啦！"老王爵受到夸奖，有点不好意思地挠了挠头。这时，太阳钻进了云层里，天气特别闷热。彩云用麻绢扇了扇风，擦着汗，对老王爵说："你一定累了，我和平安也累了，咱们休息一会儿吧！"

一听说休息，平安撒腿就往河边跑，老王爵也一蹦三跳地跟了过去。平安和老王爵在河边戏耍了一会儿水，又捉了一会儿蝌蚪，还拾了几个特别美丽的小石头。平安带着这些小石头，跑进了那个他经常进去玩耍的宝库山洞，老王爵也一起跟了进去。

在山洞里，平安坐在蛤蟆石上，挨个地把玩着他那些可爱的小玩意儿。老王爵也颇有兴趣地摸摸这个，抓抓那个，看个不够。过了一会儿，老王爵想撒尿，它面向石壁，刚一叉腿，平安就大叫起来，说："不许尿，不许尿！要尿出去尿！"老王爵极不情愿，又无可奈何地走出了山洞。

老王爵刚从山洞里出来，还没来得及撒尿。突然，地动山摇，狂风大作，天气骤然巨变。远处的海面上，海浪飞跃而起，直刺青天，传来阵阵轰轰隆隆的海啸声，海底发生了地震。平安的宝库久经风化，山体早不坚固，只不过外表不易察觉。这时，山体摆了两摆，顷刻间坍塌下来。亏得老王爵敏捷不减当年，纵身一跃，跳出五六米远，惊吓得尿了一地。可怜，平安被封压在狼烟飞腾的土石里。

彩云在野麻地里坐着歇息，远远看见平安和老王爵一前一后地走进宝库。天气骤变，她原打算跑进宝库里去躲一躲。哪知，她刚一起身，却被晃得站立不稳，摔倒在地上。彩云眼见地动山摇，树草乱舞，心知不妙。刚要呼唤平安，还未来得及出口，蓦地瞧见宝库一晃一扭，轰轰隆隆，狼烟升腾地坍塌下来。彩云的五脏六腑，像被这山压碎了似的疼痛。她跃起身来，发了疯一般地，拼命朝宝库这边跑来。

“平安……”彩云喊着，哭着，跑着，心里想着：“完了，完了，一切都完了！我的平安……”她一路跌跌撞撞，跑到转眼化为一堆废墟的乱石堆前。彩云只觉得心肝俱焚，魂魄出窍，自己只剩下一具空空的躯壳。她委顿地扑在纷乱的石堆上，一边用双手狠命地扒挖土石，一边声泪俱下地哭喊：“平安……我的……孩子……可怜的孩子……你等等我……妈妈和你一起走……”

正在这时，天空中又下起瓢泼似的大雨。闪电一个跟着一个，雷声一声响似一声。彩云不顾一切地扒着泥石，心里只有一个念头：“不管是死是活，一定要把孩子扒出来！”她扒着哭着，时不时地侧耳听听，总希望能听见平安的一点儿声息。

老王爵也跟着流眼泪。它一面用两只前爪扒挖泥石，一面学着彩云侧耳倾听声音。此时风正大，雨正紧，雨水加汗水，不多久，彩云和老王爵两个，人成了水人泥人，猴儿成了水猴儿泥猴儿。人手和猴爪都磨得出了血，他们仍是一刻不停地扒挖。不知过了多久，风停了，雨住了，大海也安静下来了，虽说到处树倒山塌，毕竟一切又恢复了平静。

彩云和老王爵早已累得大汗淋淋，气喘吁吁，疲惫不堪。突然，老王爵站起来，一转身走开了。彩云瞧见，连忙在后面流着眼泪喊它，哀求道："老王爵，别走！求你了，帮帮我，再坚持坚持吧！"那老王爵一听，跑得更快。只见它三蹿两跳地跃过小溪，飞快地向小石山跑去。彩云无可奈何，只在心里报怨地想："唉，它再有情有义，也到底是个畜生！"

三

谁知，过不多久，忽听一片骚乱声。彩云抬头观望，只见老王爵带路，小百灵率领着众猴儿，跳跳跃跃跨过清溪河，朝她这边奔过来。彩云这才明白，老王爵原来是去搬救兵了。一时间，来了这么多救兵，彩云像看见了众多的亲人。她心里的激动与感激，真是难以言表。彩云直后悔自己错怪了老王爵！

众猴儿齐上阵，比起彩云孤军奋战，进展要快得多。由于时间紧迫，人和猴儿谁也不肯怠慢。猴儿们饿了，就就近找些野果充饥；渴了，喝些溪水。可是，彩云实在吃喝不下，尽管老王爵和小百灵送些野果给她，她或放在一边，或送给别的猴儿吃。她水也很少喝，一颗果儿也没吃。她清泥不止，掀石不歇，不断地对着泥石大声呼唤着平安的名字，不断地俯耳在泥石上倾听，总盼着能听见一点儿平安的声音。

时间一分一秒地过去了，丝毫得不到平安的一点儿声息。彩云几乎快要绝望了，她心里仍然只有一个念头："无论如何，一定要把孩子扒出来！"待到星明月高时，事情突然有了转机。彩云再一次侧耳倾听时，恍恍惚惚从泥石里传出一阵凄凄哀哀的哭声。她简直不敢相信自己的耳朵，唯恐自己思想过度，产生了幻听。她再三细听，千真万确，确实有个细微而哀伤的哭泣声，隐隐约约，就像从深潭里飘出来似的。彩云心里又悲又喜，泪水如小瀑布似的，哗哗地流淌着。小百灵它们仿佛也听到了这个声音，它们侧耳听听，高兴地四肢乱舞，对着彩云"唔唔哇哇"地叫了起来。老王爵兴奋地抓住彩云的手臂，两只黧黑色的大眼睛里，闪烁着欣喜快慰的泪光。

孩子还活着！彩云心中一宽，无比欣慰地想："只要孩子还活着，是伤是残，我都呵护他，抚养他，比以前加倍地疼爱他。只要我有一口气，绝不让他受半点儿委屈！"彩云想着，不禁泪若悬河。她趴在泥石上，急切地安抚平安，大声喊着，说："平安！平安！你听见了吗？妈妈和小百灵、老王爵它们，正在营救你呢！好孩子，别怕……别着急！我们一定会把你救出来的……"平安好像听见了彩云的呼唤，泥石里那个细微的声音，略停一停，陡然清晰响亮了许多。人和猴儿情绪激昂，开掘泥石的劲头更加高涨！扒、挖、搬、抬、撬，人、猴儿齐心协力，清理泥石的速度更是突飞猛进。

平安的哭喊声越来越清楚了。他已经哭喊得哑了嗓子，仍在不住声地啼哭，不停地呼唤："妈妈……救救我……妈妈救我……妈妈……我怕……"平安在里面哭，彩云在外面哭。她一边不停地清理泥石，一边不断地安慰平安："好孩子，别怕，别怕！老王爵、小百灵它们都在帮助妈妈，妈妈就是拼死，也要把你救出来！好孩子，别哭啦！你睡一会儿吧！等你睡醒了，就会躺在妈妈的怀里啦！"彩云干着活，说着话，心里又焦急，一不小心，

被石头碰掉了左手食指的指甲盖儿，鲜血立刻染红了泥石。十指连心，彩云疼得险些昏过去。她冷汗淋淋，头晕目眩，却仍然咬紧牙关，清理泥石的速度不敢有一分一毫的减缓。

最难熬的时刻终于过去了。第二天黎明，平安获救了。所幸运的是，这山洞虽洞顶坍塌，可底部还好。平安躲在石蛤蟆的胸前，竟然毛发无损，只不过受些惊吓、饥饿而已。

“孩子……”“妈妈……”彩云、平安母子相见，相互拥抱着，相互呼唤着，说不尽的悲喜和酸楚。母子二人抱头痛哭，悲悲切切，久泣不止。众猴儿们围观，竟然也是又悲又喜，有的猴儿甚至泪流如溪。彩云想到众猴儿们在这场灾难中，做出了重大贡献，心里特别感激。她亲切地拉住小百灵的前爪，激动而恳切地说：“小百灵猴儿王，太感谢你们了，真是太感谢你们了！要不是你们的帮助，平安没了性命，只怕我也难活……”她说着，伸手拉过平安，吩咐说：“好孩子，快谢谢小百灵它们，它们可是你的救星！”平安连声说着“谢谢！”，并一一和每个猴儿拉了拉手。彩云突然发现老王爵不在猴群中，心想：“老王爵在这场事件中，可是劳苦功高，功不可没，应该好好谢谢它！”举目望过去，只见老王爵在一堆泥石前，半倚半靠地坐着！瞧那样子，四肢瘫软，像是睡着了。

彩云这才想起，辛劳了一昼一夜，人、猴都神困体乏，的确该好好歇歇了。她喊着“老王爵”，并走了过去，准备叫醒它，大家一起回去休息。谁知喊了数声，老王爵一动不动，毫无反应。彩云紧走几步到了跟前，伸手推了推老王爵的肩头，老王爵却“扑通”一下，倒在了地上。彩云吓了一大跳，连忙上去拉它，竟然触手冰凉。她诧异地摸一摸老王爵的鼻息，竟全无了呼吸。“老王爵累死啦？老王爵这是累死了……”彩云惊呼道，忍不住泪流满面。平安、小百灵他们听见彩云的哭喊，都纷纷赶了过来。只见老王爵面容安详恬静，犹如睡着了一般，虽死如生。人和猴儿都十分伤感，不由得发出阵阵唏嘘哀叹。

彩云、平安和众猴儿们，在附近选了一块鲜花盛开的高地，埋葬了老王爵。彩云和平安按照人的礼遇，在老王爵墓前默哀许久，行了三鞠躬。小百灵它们纷纷效仿，行下礼去。

这次意外，平安原无大碍。彩云精心为他调养几天，就恢复了体力。平安一好，彩云却因外伤加感冒，得了一次重病。她高烧，咳嗽，浑身疼痛，卧床难起。生病期间，有时彩云躺在床上，只觉得自己恍恍惚惚，到了一个十分光明的地方。她看见一只闪烁着光辉的胭脂鸟，从远方迅速地飞过来，冲她欢快地鸣叫着："我把信送到了，我把信送到了……"彩云狂喜地爬起来，睁开眼睛一看，发现自己仍然躺在黑黢黢的山洞里。她面前模模糊糊地坐着身体瘦弱的平安，只听平安关切地问："妈妈，你怎么啦？你难受吗？妈妈，你喝水吗？"彩云苦笑着摇摇头，又躺下去。她爱怜而感激地望着平安，周身早已又是虚汗淋淋。

彩云苦熬了多日，才渐渐好转。可是她病好后，体力已明显不如从前。

第十一章 天鹅岛之行

TIANEDAO ZHIXING

一

青天丽日，暖风融融。彩云和平安坐在老榛树下，一人编织，一人学习。这里地势高，视野开阔，远山近水，一览无遗，就连南北方向的两个海岛，都仿佛近在咫尺了。

平安用自制的树枝笔，蘸着自制的墨汁，在自制的树叶本子上写作文。因为在海岛上生活受局限，彩云从来不给平安的作文命题，只让他拣自己想写的写。心中有感慨，下笔出千言。平安见山写山，见水写水，加上他天生聪慧，思维活跃敏捷，很多时候，他都把作文写得绘声绘色，精精彩彩。

今天，他不到一顿饭工夫，就把作文送到了彩云面前。平安笑眯眯地望着彩云，说：“妈妈，作文写完啦！”彩云停下手中的编织，笑着说：“这么快就写完啦？好，让我欣赏欣赏！”她接过黄树叶的作文本，只见作文的题目是《我的妈妈》。文章开头为：

我的爸爸是谁？我不知道。但是，我有一位好妈妈。我妈妈聪明，美丽，又善良。她是世界著名院校，镝卢大学的硕士毕业生。不但我喜欢我妈妈，就连仙鹤，胭脂鸟，小猴儿……它们也喜欢她。妈妈救过老王爵的命，替胭脂鸟包扎过断腿，救治过生病的夜莺，也救过我的命……

平安在作文中，描述了地震事件，也描述他重病期间，彩云日夜守护照料，把他从死亡线上拉回来的实例。

他在文章结尾，写道：

我爱我的妈妈。妈妈最大的心愿是回到祖国。过往的船只总也不来，胭脂鸟送信也石沉大海，毫无希望。等我长大了，一定造只大船，帮助妈妈实现这个愿望。

彩云看着看着，眼睛湿润了。待到她把整篇作文看完，竟然忍不住，哽哽咽咽地哭起来。她说：“好孩子，妈妈可没你写的那么好！”平安瞧见妈妈哭了，自己心里也很难过。他安慰彩云说：“妈妈，我是认真的。等我长大了，一定造只大船。咱们一起回大陆，回妈妈的故乡，去看望外公外婆！”彩云听了，更是泪流如溪。她搂住平安，宽慰地说：“好孩子，妈妈有你，就是回不到大陆，也已经很知足了。只是你，小小年纪，总不能一辈子都待在这个孤岛上！”

彩云给平安讲评完作文，母子俩坐着说话聊天。彩云又织好一件极大的加厚麻衫。她在身上试穿着，转着身子问平安，说：“这件衣服好看吗？”平安打量着她身上的衣服，说：“好看是好看，就是太大了。”彩云说：“我穿着大没关系，只要你穿着合适就行！”“我？”平安惊异地说，“妈妈穿着都大，我穿着怎么会合适呢？”彩云微微一笑，说：“猜猜看，为什么我穿着大，你穿着会合适？”平安摇摇头，说：“猜不着，除非我长大再穿！”彩云嫣然一笑，说：“对，平安就是聪明。你猜对了，这就是让你长大穿的。这是你十八岁的衣服。”平安听得睁大了眼睛。他诧异地说：“啊……我十八岁的衣服，妈妈都织出来啦？！”彩云说：“是呀。你十八岁的时候，妈妈都多大年龄啦？妈妈是怕年龄大了，眼睛不好，到时候织不成啦！”平安信以为真了，心想：“原来妈妈整天编织不停，是在做长远打算呢！”平安脸上显出小大人似的老成模样，劝慰彩云说：“妈妈最近老爱生病，您还是少干点活吧！到你眼睛不好的时候，我也长大了，到时候我来织衣服！”

其实，平安哪里知道彩云做长远打算的真实原因。彩云好长时间以来，身体总是不好。她周身关节时常疼痛，整夜的出虚汗，心慌心悸，做噩梦。最近她喝些柳树皮煮的水来镇痛，疼痛好了些，心脏又觉不舒服。这使她不由自主地想到了自己的寿限，这才是她做长远打算的真实原因。

这时，彩云脱下试穿的衣服，对平安说：“妈妈回去做饭，你就在附近玩耍，别跑远，待会儿我做好饭叫你。”平安点头答应了。彩云走了几步，又回头叮嘱道：“别到海边去，没妈妈陪你，不许到海里游泳！”平安再次表示：“知道了！”

二

当剩下平安一个人的时候，他觉得好孤单，好没意思。这时，恰巧翩翩飞来一只美丽的大蝴蝶。只见那只蝴蝶几个急转弯，款款地落在了一支紫色的花朵上。平安屏住呼吸，蹑手蹑脚地走过去，一伸手捉住了蝴蝶的翅膀。平安开心地对蝴蝶说：“美丽的小东西，咱俩一起玩儿，好吗？”瞧着蝴蝶蹬着细腿乱挣扎，平安安慰它：“好朋友，你别急，我又不害你，你怕什么？”哪知，他话刚落音，蝴蝶猛一挣扎，挣脱了他的手。平安眼瞅着蝴蝶在空中一晃，立即不见了，就觉得特别失望。刚好，他一扭脸，又看见几只小兔崽儿，正聚在草丛里玩耍。小兔崽儿红眼睛，红鼻子，红豁嘴儿，长耳朵，短尾巴，雪白的绒毛，十分可爱。平安一见，顿时眉开眼笑了。他轻手轻脚地走过去，猛地向前一扑，没想到却扑了个空。只一转眼间，小兔崽儿也全不见了。平安沮丧地坐在草丛里，胡乱地揪着身边的野草，只觉得好没意思，好没意思！平安想：“小猴儿有小猴儿陪着玩儿，小兔有小兔陪着玩儿，就我没人陪着玩儿。”他又想：“小猴儿没妈妈陪着可以随便爬树，小兔没妈妈陪着可以随意乱跑，蝴蝶和胭脂鸟没妈妈陪着可以到处乱飞。我为什么一定要妈妈陪呢？到海边去！我不游泳就是了。”平安这么想着，不由自主地向海边走去。

平安站在沙滩上，看见阳光下的大海是那么蓝，那么平，又那么宽阔，一直延伸到天边，蓝海和蓝天接到了一起。一群海鸥在海面上飞东飞西，忽上忽下地游戏。南北两个方向的天鹅岛和宝塔岛，青盈盈的，绿森森的，显得格外美丽。有几只白天鹅伸展着洁白的翅膀，在天鹅岛的上空盘旋飞翔，真像有几朵白云在那里飘来飘去。一切都那么美丽，那么迷人！

瞧，一群红色的小海鱼游过来了。它们摇头摆尾，没有牙齿的小嘴儿一张一张的，好像在向平安问好、打招呼，说："下来啊，下来啊！我们一起玩儿！"这么好玩，这么诱人，平安再也顾不了那么多了。他脱下衣服，伸开双臂，飞快地跑着，兴冲冲地冲向了大海。

平安拨开海水，海水轻轻柔柔地从他身体上流淌过去。啊！好舒服，好惬意啊！那群小海鱼与平安擦肩而过，摇摇摆摆地向前游去。平安尾随在小海鱼后面，他觉得自己也变成了一只小海鱼。他游啊游，游着游着，小海鱼们突然往深水里一钻，不见了。真扫兴！平安正在生小海鱼的气，他一抬头，发现自己离天鹅岛已经很近很近了。一只雪白雪白的大天鹅，站在天鹅岛边的一块岩石上，拍打着翅膀，好像在对平安招手，说："欢迎光临，欢

迎你的到来！”平安想：“嗬，我真没想到，天鹅岛原来这么近呀！”他完全忘记了妈妈的叮嘱，当即拿定主意要到天鹅岛上去探险。平安更加用力地挥着胳膊划水，飞快地向天鹅岛游去。

可是，平安游了一会儿，抬头看看，天鹅岛还是那么远，又游了一会儿，再抬头看看，天鹅岛还是那么远。平安心想：“怎么搞的，难道天鹅岛也会游泳？怎么我进它退呀？这个距离为什么老不变呢？”平安觉得胳膊和腿都在发软，头也有些疼，耳朵也在乱叫唤。平安想翻过身躺在水面上歇一会儿，可是自己的手脚完全不听使唤。一只海龟在他屁股上撞了一下，得意洋洋地游了过去。“坏东西！”平安在心里生气地说。“哎哟哟！”平安的腿抽筋了，非常疼，一点也动弹不了啦！尽管平安在拼命地挣扎，他的身子还是在往下沉，往下沉……海水一股股地灌进了他的嘴里。平安心想：“完了，我要被淹死啦……哦……再也见不着妈妈了……哦……妈妈……妈妈……”

三

再说彩云。她做好饭，出来寻找平安，却不见了人影。彩云亮着嗓子喊了几声，也没听到有人应声。她有点不放心，心想：“这孩子又跑哪儿去了呢？”她忐忑不安地来到老榛树下，举目往海里张望。蓦然，彩云看见海里有一只海豹，正一蹿一蹿地向天鹅岛方向游着。彩云再细细一瞧，嗨！哪是什么海豹？那不是平安吗？

彩云撒腿跑到了海边。她想也没想，就一头扎进了海水里。

平安正昏昏迷迷地下沉时，突然被轻轻地托了起来。他的头又重新浮出了水面，一个力量推动着他，在海里缓缓漂游着。他又呼吸到了新鲜空气，立刻觉得好受多了。平安微微睁开眼睛，哦，是妈妈，他正躺在妈妈温柔的臂膀里。平安心里踏实了。他精神一放松，只觉得又倦又困，就迷迷糊糊睡着了。

彩云像抢救老王爵那样，把水淋淋的平安脸朝下，放在沙堆上，轻轻挤压出平安肚子里的海水。彩云瞧着平安确实安然无恙了，才疲惫不堪地，直挺挺地躺在沙滩上。

海风轻轻地吹着，海浪哗哗地拍打着海岸。由于抢救及时，平安并没有喝太多的海水，很快就好转过来了。他慢慢爬下沙堆，内疚不安地，怯生生地走到彩云身边。平安轻声细气地喊了声："妈妈。"彩云一动没动地躺着，没有吱声。平安蹲下去，用手轻轻拽一拽彩云的手，又喊："妈妈！"彩云闭着眼睛还是不理不睬，不动也不应声。平安哭了。他呜呜咽咽地哭着，说："妈妈，我错了。妈妈，我错了……都是我不好……"彩云忽地坐起来，满脸泪痕地盯着平安，怒斥着："你哭，哭什么哭？！你还知道错？！"说着，伸手拉过平安。她把平安按在怀里，抡起巴掌，照屁股上"啪啪"几声，狠狠打了起来。

平安一向没受过责打，从来没尝过挨打的滋味儿，更没见到过打人和被打的阵势。加上彩云一向温温柔柔，从来未曾发过脾气。因此，平安只觉得妈妈发火比自己挨打更可怕。他一来自知理屈，二来心疼妈妈。平安悔恨自己没听妈妈的话，悔恨自己把妈妈气成这个样子。由于他心里十分内疚自责，一时倒不觉得屁股怎样疼痛，他只想怎样才能使妈妈不过于伤心生气。所以，当他挨打时，只是哭喊央求：“妈妈你别生气，别生气！你打我吧……打我吧……”有两巴掌确实疼得狠了，他却一咬牙，哭着说：“我不怕疼……我能忍住……我不怕疼……能忍住……妈妈千万别生气！别生气……”平安哭着，说着，泪眼滂沱中看见地上有根小竹棍儿，就伸手捡起小竹棍儿，举着递向彩云，说：“妈妈……你……用这个打……我不怕疼……我能忍住……我不怕疼……我能忍住……妈妈您千万别生气，千万别生气……”平安哭着，喊着。他反反复复，满嘴里都是“愿挨打”“不怕疼”“能忍住”的话。就是铁石心肠的人，听了平安的哭诉，心也软了。彩云哪里经得住这样。她劈手夺过平安手中的小竹棍儿，往地上一扔，一把搂住平安，声泪俱下地放声痛哭起来。她一边哭，一边说：“你这个不听话的孩子，你怎么这么傻，这么不懂事呀！这海有万丈深，你要有个三长两短，叫妈妈怎么活……”母子俩抱在一起，哭着，说着，相互擦抹着眼泪。刹那间，乌云遮住了太阳，海燕和海鸥的鸣叫也带着几分酸楚。青天和大海若要有情，也会感到悲伤。

四

夜晚，平安早已入睡。彩云却辗转难眠，翻来覆去地睡不着。她摸黑点燃了蓖麻灯，借着光亮，悄悄给平安翻了个身。她弯腰查看着平安的小屁股，只见平安嫩乎乎的小屁股蛋上，重重叠叠的印着一些还未消尽的手指印，其中一小片甚至有些青紫。彩云瞧在眼里，又是心疼，又是后悔，怨恨自己太感情用事，下手太狠。

“可怜的孩子！”她鼻子一酸，眼泪禁不住扑扑簌簌地落了下来。

一时间，彩云心潮澎湃，思绪万千。她心想：“在这个孤岛上寂寞凄凉的苦度了八年，自己哪天不是望眼欲穿，期盼着天赐良机，能早日离开这荒岛。每日里惆怅，压抑，烦闷，渴望，郁结在心。如果没有平安为自己身前膝下，承欢取悦，只怕自己早已不复存在了。平安年龄虽小，天赋极高，大人的这种心境愁肠，孩子未必没有。他出生以来，一直被这个十多平方公里的小岛禁锢着。孩子偶尔好奇，喜欢游历探险，原在情理之中，我又何必这样狠心残忍地责打他？”想到这些，彩云心里又是内疚，又是懊悔。她想：“用什么办法可以补偿补偿孩子这顿屈打呢？”彩云思来想去，终于想出了主意。

清晨。平安一睁开眼睛，看见彩云守在他面前，高兴得一骨碌爬起来，伸出两只小胳膊，一把抱住了彩云的脖子。平安亲昵地说：“早安，妈妈！”瞧他那天真烂漫的模样，仿佛早已忘记了昨天挨打的事情。“孩子，早安！”彩云答话的同时，照平安脸蛋上，亲亲昵昵地香了一口。彩云帮平安穿好衣服，拿起龟骨梳子，替平安梳理着蓬乱的头发，说：“好孩子，洗脸吃饭吧！吃罢饭，妈妈有事儿和你商量。”“什么事儿？”平安问。他用小手抚摸着彩云的面颊，恳求道：“妈妈，现在就说，现在就说嘛！”彩云微微一笑，说：“咱们造条小船吧！你说好不好？”“造船？”平安惊呼起来，惊讶地看着彩云。彩云笑眯眯地点点头，用肯定的口吻说：“对！造条小船。咱们到天鹅岛探险去！”“哇！妈妈！你真是太伟大啦！”平安高兴地叫着，一下子跳了起来。可是，一转眼间，平安的小脸上又堆起了愁云。他说：“怎么造呢？我还没长大，没有力气。”彩云一副胸有成竹的样子，笑着安慰平安：“你没力气，不要紧，妈妈有力气。咱们造不了大船，造个小船。天鹅岛不远，造个独木小舟，也就够用了。”

从这天起，彩云和平安开始筹备起造船的事情。第一步，是选材。两人在岛上奔波了数日，几乎钻遍了所有的树林，最后他们选中了一棵极其苍老的柳树。这棵老柳树像个饱经风霜的耄耋老人。它瘪了肚子，弯了腰，树干有彩云、平安合抱那么粗。他们量才使用，正好将坚韧面做舟底，空洞面为舟舱，不用花费太大气力，就能造出一叶独木小舟。这真是再好不过的了，俩人都觉得十分称心如意。

尽管如此，从伐木，去皮，扩舱，修底，打磨，制浆，连着搓好牵舟的绳索，小舟全部竣工，仍然花费了不少的时间和精力。待到小舟运到海边沙滩上，已是一年有余的时间。这期间，彩云又病倒了好几次。平安眼见妈妈体力不支，他几次劝阻彩云，放弃建造小舟的计划，彩云坚决不肯。她说：“小舟除了探险之外，或许还能派上更大的用场！”

小舟试航这天上午，彩云和平安拨浆，绕着平安岛转了一圈又一圈，都觉兴致未尽。母子俩心中那个兴奋，那个激动，简直无以复加。当他们返航，回到沙滩上休息时，早已过了饭时，两人仍然坐在小舟上，迟迟不肯离去。

这时风平浪静，天高海阔，四处一片安宁，仿佛所有的生灵都在午休。母子俩面对面坐在小舟上，都感到特别欣慰和欢喜，各人心中都十分惬意。平安一低头，看见沙滩上有只小海龟，正趴在地上睡觉。他轻轻捏起小海龟，小海龟立刻醒了。它伸着细长的脖子，晃啊晃地昂着小脑袋，眼睛贼亮贼亮地看着平安。平安高兴地说：“妈妈，你瞧，你瞧，瞧它多可爱呀！我决定把它养起来！”彩云笑着说：“它这么小，找不着妈妈该伤心了，你还是把它放了吧！”平安撒娇地央求彩云：“妈妈，你就让我养两天吧！你看它多好玩！”平安说着话，蓦然看见彩云乌亮的黑发中，依稀藏有几根白发。平安瞅着彩云的头，煞有介事地说：“妈妈，别动，别动！”彩云以为头上有什么多余的东西，就把头低向平安。平安伸手拔下来一根白头发，拈在手里看着，说：“妈妈，瞧，你都有白头发了！”彩云惨然一笑，叹息地说：“你长大了，我也老了！咱们还是被困在这大海里出不去！”平安说：“妈妈，咱们划着小船，走出大海吧！”彩云哀伤地说：“多大的船，都葬入了海底。咱们驾驶这一叶小舟，在这汪洋大海中远途航行，谈何容易？即便遇不上风暴，也怕遇上凶猛的水兽恶鱼。当然，这不是一件不可行的事，只是一定要三思而后行啊！”

五

清晨，太阳还没出来，金灿灿的朝霞已经给大海涂上一层橙红。彩云、平安匆匆吃完早饭，带上他们早已备好的艾绳、火把、指南针、放大镜和必备食品，登上小舟，前往天鹅岛寻幽探胜。

木浆轻摇，小舟如梭。彩云、平安禁锢于平安岛将近十年，这是头次弃岸离岛，俩人感到格外新奇和美好，各人心里都有说不尽的欣喜和欢畅。万顷碧波，荡荡漾漾，温暖的海风习习吹拂，一群海鸥欢快地在小舟前后翻飞。彩云触景生情，百感交集，她情不自禁地唱出一首哀伤而又凄宛的歌：

麻衣铃兰巧装颜，
今年已不似去年。
春夏秋冬四季过，
何日白帆到眼前？

青发白丝轻掩面，
今天已非是它天。
日月星辰乾坤转，
哪时乘风归故园？

小舟穿水破浪，行驶快捷。由于顺风顺水，太阳高挂东南时，彩云、平安乘舟已经驶进天鹅岛海边。平安不等小舟停稳，就迫不及待地一跃而上。彩云立刻喊住平安，不许他独自先行。彩云把木舟在一块大石头上系牢后，才牵着平安的手，两人一起朝岛上走去。

他们的到来，惊动了离大海最近的那块岩石上站着的一只天鹅。它一声长鸣，昂起箭一样的头颈，冲向了天空。立刻，一只天鹅飞起来了，两只天鹅飞起来了，几十只，成百上千只的天鹅一起飞向天空。只听满岛呼呼啦啦，响起一片飞翔声。顷刻之间，小岛上空犹如笼罩了一层白云，遮去了太阳的光辉，遮掩了碧蓝的天空。

彩云、平安没想到会有这么壮观的场面！俩人在震撼，激动，喜悦之余，简直有点惊慌失措。彩云惊叹地说："瞧呀！它们在为我们举行隆重的阅兵式呢！"

彩云、平安在天鹅岛上游览，仍旧沿袭着以往的老习惯。因恐有毒虫猛兽，怕遭不测，他们每人手里都掂着一只轻便坚实的小竹棍。俩人所到之处，均是敲敲打打，竹棍开路。

天鹅岛面积没有平安岛大，地貌环境却和平安岛极其相似。彩云、平安举目瞭望，只见满岛山石嶙峋，岭峰蜿蜒跌宕，苍翠青绿满目，景色十分秀丽。两人一路观看，一路拿平安岛对比评说。沿途所见，与平安岛的景色差不多。天鹅岛上也有许多不知名的乔木和灌木；也是处处长草丛生，野花绚丽；山侧峰端，攀缘植物悬挂，青藤绿叶相互交错缠绕，密密丛丛；一些不知名的鸟雀，追逐嬉戏，叽叽喳喳，吵嚷不休，异常喧闹。天鹅岛和平安岛最显著的不同，就是一岛白猴儿为奇，一岛白鹅为珍；一岛有清溪河，一岛有天鹅湖。彩云、平安徜徉在天鹅湖畔，只见天鹅湖犹如平镜，仿佛静止了一般，无一丝水纹波澜。忽有几只归来的天鹅，款款飞落湖心，白翅一合，红掌一拨，搅动着如琼浆玉液似的一湖碧水，涟漪荡漾，波光潋滟，闪闪烁烁，格外令人赏心悦目。彩云赞叹道："真美！想来那神话中传说的天鹅湖也不过如此！"

彩云、平安在天鹅岛上转悠了大半天。他们巡视勘探，也没有发现什么稀罕古怪事物，不知不觉已过午时，两人都是又饥又渴，又疲倦。他们在湖岸上歇息，准备坐在草丛中吃午餐。平安一抬头，瞧见离湖岸不远的山脚下，有一片岩石。他用手一指，对彩云说："妈妈，你瞧！那些石头不就是桌子、凳子吗？咱俩去那里吃饭吧！"彩云顺着他手指的方向望过去，果见青草中蹲有一片大小不等的灰石头。她笑着说："还真是桌子凳子全都有，的确是个就餐的好地方。走，咱们过去坐。"两人站起来，一前一后走了过去。

彩云掂着小竹棍，谨慎地搅打着岩石附近的青草。竹棍触地，竟意外地碰到了光滑坚硬的东西，轻击时发出"叮叮当当"的清脆响声。她拨开青草一看，只见草丛中躺着几只碧莹莹的绿玻璃啤酒瓶。彩云不由得大吃一惊，心想："这岛上长花，长草，长树，却长不出这些东西来！瞧这样子，肯定曾经有人来到过这个岛上。会是什么人在这里逗留过呢？"彩云心里猜测着，暗想："是海难人？还是海盗？或是畏罪潜逃的罪犯？"她警觉地抬起头，四处张望，忽见绿箩掩映的山壁上，隐隐约约，好似藏匿着一个黑黢黢的山洞。她匆忙走过去，用小竹棍挑起覆盖的绿箩，果然显出一个还不算小的洞口。一缕阳光射进山洞，投落在正对洞口的地面上。彩云略一犹豫，靠近洞口，猫腰探头向洞内瞧去，只见山洞里一片黑暗，难辨事物。她闭眼默默站了一会儿，再仔细看时，模模糊糊，看见正对洞口的山洞深处，似乎竖有一个白乎乎的东西，好像有一只白天鹅在那里站着。彩云心中胆怯，不敢妄动，只好转身又退了回来。她离开洞口，回去的路上，想了想，又有些不甘心，就寻思着："点燃一支火把，只管进山洞看看！"

彩云回到岩石边，平安正在一心一意地赏玩那几只啤酒瓶。平安从小到大，从没见过啤酒瓶，自然把啤酒瓶当成了稀世珍宝。平安欣喜地将酒瓶握在手里，翻来覆去地把玩观赏着。他用手抹去瓶上的泥土，用嘴对着瓶口，轻轻一吹，立刻发出"呜呜"的响声。平安高兴地涨红了小脸儿。他瞅见彩云走过来，就兴致勃勃地大声对彩云说："妈妈，你听，你听！轻轻一吹，就能发出比海螺还要好听的声音！"彩云一面点着火把，一面心不在焉地"哦"了一声。平安瞧见彩云点亮了火把，关切地说："妈妈，你要进山洞去吗？我也去吧！"彩云举着炽炽炎炎的火把，一面往山洞那边走，一面回答道："不用，不用。山洞里很黑，什么也看不清。我先拿火把过去看看，你在这里等着，可记住，不许到处乱跑！要是饿了，就先吃点东西吧！"

彩云刚一踏进洞口，才走几步，就闻到一股刺鼻难闻的怪味儿。她纳闷地想："奇怪？这是什么味儿，怎么这么难闻？"恰在此时，她脚下踩着了一个软乎乎的东西，心里不由得打了个激灵。她唯恐踩到了虫蛇，惊骇匆忙中，随脚一踢，将那东西甩向身后。彩云心里怦怦乱跳着，吓得头上沁出一层冷汗。她不敢再往前走，只站在原地，高举火把，向洞内照去。这一照之下，更把她惊得魂飞天外。原来，那个白乎乎的东西，并不是什么白天鹅，而是一具白花花的，依山壁而坐的人骨骷髅。彩云吓得毛骨悚然，激灵灵地打个冷战，浑身起了一层鸡皮疙瘩，转身就往洞外跑。她惊慌失措中，差点被一根棍棒似的东西绊倒。只听“哐哐啷啷”一阵乱响，那东西滚动着，被带到了洞口，碰得彩云脚面发麻发疼。彩云跑出山洞，心脏仍旧“扑通扑通”地狂跳不止。

正在惊魂未定时，她一抬头看见洞外的长草上，挂着一顶牙白色麻绸宽边凉礼帽。彩云又是一惊，心想：“这就是被我当虫蛇踢出来的那件东西吗？”她不由自主地回过头去，陡然瞧见那被她无意间带到洞口的棍棒，原来竟是一根十分考究的黑梨木手杖。只见那手杖弯扶处，有一个明显的坑凹。虽然事隔多年，礼帽、手杖都已十分陈旧，但彩云深信不疑，这礼帽就是那礼帽，这手杖虽然没有了祖母绿宝石，但这手杖就是那手杖。彩云想起当年“灰鲨号”遇难，那个在危难时刻弃众而逃的商人，她想：“他怎么会流落到这个岛上？是囚困而死？还是谋杀？”彩云感到纳闷困惑，又惊惶恐惧。她顾不上多想，也不愿多想。

她举着火把，慌慌张张来到平安身旁。平安已在岩石上摆好了食物。他见彩云从山洞里回来，面白气喘，神色惶恐，就诧异地问：“妈妈，你怎么了？山洞里都有什么东西？”“我没事儿！”彩云敷衍了几句，“山洞里全是些天鹅粪，恶臭难闻。咱们快收拾东西，赶快回去吧！”

平安惊呼说：“现在就回去？咱们吃点东西再走吧！妈妈，我都快饿死啦！”彩云手忙脚乱地收拾着东西，说：“好孩子，听话！咱走吧！你饿，咱们到船上吃去！”平安一定要带上那几只啤酒瓶，彩云无可奈何地看看那六个酒瓶，只好都替他带上了。彩云拉住平安，急匆匆往海边奔去。平安一边走，一边抱怨道：“妈妈，慢点儿……我又累又饿，都快走不动了！我还没玩够呢，咱们这么快就回去啦？！”彩云也不答言，只管拉着他的手，疾步流星地往前赶。一路上，彩云、平安匆匆走着，平安却还不忘给沿途遇到的那些白天鹅们挥手告别，说：“再见了！我的白天鹅朋友们，我们会再来的，一定会再来的！”大有恋恋不舍之意。

天鹅岛探险就这样结束了！

第十二章 生离死别

SHENGLISIBIE

一

从天鹅岛回来，彩云心力交瘁，更是病病恹恹起来。

彩云想：“自己的死活可以不放在心上。‘灰鲨号’当年遇难，我彩云虎口余生，能活到今天，已经十分幸运了。更何况我抚养了平安，满足了一个女人做母亲的心愿，也享受到了母子情深。那么多的落难者，有几个人能像我这么幸运？可是，无论如何，现在我还必须爱命惜身！不为别的，只为平安目前还太小，万一我有个好歹，孩子怎么办？我爱平安比自己的性命珍贵，他还不过十岁，我怎么能让他一个人，孤零零的生活在这荒岛上？如果那样，我就是死，也闭不上眼睛。倘若我能再活上七八年，平安长大成人，有了独立生活的能力，到那时候，我再无牵无挂地死去，也就心无遗憾了。当然，我能把孩子平平安安地带出大海，那就更好了。哪怕一出大海我马上就死掉了，我也甘心情愿！”

彩云把关爱珍重自己，当作关爱珍重平安。为了早日康复，她凭着自己仅有的医药知识，喝尽了那些难以下咽的苦草药汁。她尽量加强营养，让自己多吃饭，多睡觉，多休息。然而，事与愿违，病魔牢牢地缠绕着她，使她的身体一天比一天虚弱，健康状况一时不胜一时。通过一件事情之后，彩云不得不改变了自己的想法和做法。

一连几天，彩云和平安赶海的收获很不错。为备冬季之需，他们总把捡来的鱼虾海鲜，剥洗干净，晾晒成干。这天，刚刚还是碧空万里，骄阳似火，转眼间，已是雷声滚滚，乌云密布了。彩云、平安急忙抢收那些晾晒的鱼干。彩云几蹲几起，已是心慌头晕，气喘吁吁。平安瞧见了，连忙上前劝阻：“妈妈，你歇着吧！让我来干！”彩云看看乌云压顶的天空，说：“你太慢，还是咱俩一起收吧。雨一淋，几天的工夫都白搭啦！”她话刚落音，弯腰起来时，只觉得面前金星乱飞，一阵头晕眼花，身子一晃，跌倒在地上，昏了过去。平安看见彩云突然人事不省，吓得“哇哇”大哭。他手足无措，凄凄哀哀地哭喊着：“妈妈，妈妈，你怎么了？妈妈，妈妈，你到底……怎么啦……”平安想把彩云抱起来，可是抱了几抱，也抱不动。正当他手忙脚乱的时候，天空已是电光闪闪，雷声轰鸣，零星飘下了鱼鳞大的雨点。平安心想：“妈妈本来身体不好，我可不能让她再淋雨呀！”

好在旁边有许多岩石。平安选定了位置，使出了全身力气，勉强把彩云拖了过去。平安让彩云坐在一块小岩石上，半躺半靠地仰倚在一块大岩石上。他流着眼泪，对昏迷不醒的彩云说：“妈妈，我一会儿就回来，马上就回来！”平安飞跑着回到住处，拿来了他和彩云的蓑衣和斗笠。他替彩云穿戴上了蓑衣和斗笠，自己也穿戴上了蓑衣和斗笠。

恰在这时，雨下得越来越急了，眼看着蓑衣和斗笠遮不住全部的风雨。平安想了想，他摘下自己的斗笠给彩云盖在腿上，又立刻爬上彩云身后的大岩石。他站在岩石上，伸展双臂，扯开了自己的蓑衣，笼罩在彩云的上方，为她临时搭起了一个雨篷。

这时，电闪雷鸣，风大雨急，平安战战兢兢地站在雨地里，一边为妈妈遮风挡雨，一边哀哀地哭着，说："妈妈，妈妈，你醒醒，你醒醒吧……你快好了吧……我长大了……我会干活……我是男子汉……以后……家里的活都由我来干……我再也不让妈妈受累……生气啦……妈妈……我长大造只大……大船……带着……带着你回……回，去找……去找外公外婆……妈妈……妈妈呀……"

或许是平安的孝心感动了老天爷，雷电很快滚滚远去，急风暴雨逐渐减弱，天空中只飘着零星细雨。

此时，彩云一声呻吟，醒了过来。当她恍然看明白眼前的情况，真是百感交集，悲喜难言。彩云被平安的做法深深打动了，眼泪像下雨似的在脸上流淌着。平安看见彩云醒了过来，一颗悬着的心总算落了地。他跳下岩石，扑到彩云身边，嘘寒问暖："妈妈，你还难受吗？妈妈，你冷不冷……"彩云替平安擦抹着脸上的雨水和泪水，勉强一笑，说："好孩子，你害怕了吧？别担心，妈妈没事！妈妈吓着你了，妈妈难为你啦！"平安两眼含泪，小大人似的，说："妈妈，你以后别干活啦！我长大了，我会烧饭，我会拾柴，赶海；我会晒鱼干，拔野麻……往后咱家的活，都让我来干吧！"

这件事对彩云的震动很大。她想："看我这身体状况，想多活未必就能多活，只怕做再大的努力，也难收到想要的结果。难怪人们常说：'心强不如命强'，生死之事，才真是不以人的意志为转移的事！既然这样，我就不能不往坏处打算了。"

从那天起，彩云有意识地培养平安多做家务。她让平安独自拾柴，赶海，挖野菜，做饭……一切活计都让平安亲手干。她只在一旁看着，做一些必要的指导和提醒：做饭小心别烫着，外出要防御毒虫野兽的侵袭和伤害……晚上睡觉，要关好洞门，盖好被子……

二

光阴飞逝，转眼又是数日。彩云的身体非但不见起色，反而更加一天不如一天。万般无奈之下，彩云开始着手打点平安的衣帽鞋袜。她早已给平安准备好了二十岁以前的穿戴。她把这些东西一样一样叠好，整齐地摞在平安躺过的那个樟木箱子里。箱子盖儿上是她平时记写的"里"字表，"里"字的一画代表一天，一个"里"字是一周。带圈的一画是风天；带点的一画是雨天；米字画是雪天；又带圈又带点的画，是风雨交加天；带叉的一画表明那天刮了台风。彩云把写"里"字表的事，也交给平安来做。她为平安能够独立生活，做着一切准备和训练。

这样过了一两个月。一天早晨，刚吃过早饭，彩云又觉不舒服。她想躺下歇一会儿，才走到床边，就晃晃悠悠地跌在地上，晕了过去。平安看见，又吓得惊慌失措，又哭又喊。他抹胸捶背地折腾了半天，彩云才算渐渐缓过劲儿来，这时平安早已哭成了泪人。待到彩云好些，他仍是端茶倒水忙来忙去，不离左右地照顾着彩云。彩云瞧见平安满脸泪痕、惊恐不安的可怜模样，特别心疼。她给平安擦着眼泪，安慰说：“好孩子，别害怕！你到门口玩儿去吧！妈妈不要紧，你放心！”平安握着彩云的手，噙着眼泪，说：“妈妈，你再睡会儿吧！你平常都对我说，有病就要多睡觉，多睡觉才能好得快。我等妈妈睡着了，我再出去玩儿。”彩云没再说话。她面向床里躺着，不一会儿，就佯装睡着了。

平安看见彩云睡着了，就悄悄走到自己的床前，在床底下找到了那只他喂养的小海龟。小海龟缩着头，趴在地上，还在睡懒觉。平安蹲在地上，拍拍小海龟的背，低声对小海龟说：“懒虫，还睡觉呢！快起来吧，我有事求你。”小海龟懒洋洋地伸出脖子，尖脑袋一昂一昂，瞧着平安，好像在问：“什么事呀？你说吧！”平安轻轻地叹口气，说：“小海龟，你想你妈妈吗？”小海龟伸着脖子，趴在地上一动不动，现出一副伤心生气的样子，好像在说：“这还用说吗？”平安又问：“你心里很难过，是不是？你十分想念你妈妈，是不是？小海龟，你妈妈是个海龟精，对不对？”小海龟看了平安一眼，晃动一下长脖子，又趴在地上不动了。瞧它那意思，仿佛在对平安说：“算你猜对了！”平安伤心地对小海龟说：“小海龟，我心里比你还难过。我妈妈的病一天比一天厉害，你说我妈妈的病要紧不要紧？我心里很害怕！我妈妈会不会死？妈妈可是我唯一的亲人啊！她要有个好歹，我真是也活不下去啦！”平安说着，哽哽咽咽地哭了起来。他哭了一会儿，又对小海龟说：“小海龟，咱们互相帮助吧！我把你送回大海里，你去找你的海龟精妈妈，让它保佑保佑我妈妈，让我妈妈的身体赶快好起来吧！”小海龟又昂起了头，小脑袋一晃一晃地瞧着平安，就像在说：“那就请你放了我吧！我一定会给你帮忙的！”平安抹着眼泪，又说：“你同意啦？我知道你很有灵性，你妈妈应该更有灵性。我求你了，你去求求你妈妈，让它保佑保佑我妈妈，让我妈妈快些好了吧！让我妈妈的身体强壮起来吧！听说你们龟类很长寿，让我妈妈也像你们一样长寿吧！我现在就把你送回大海里，你说话可一定要算数啊！”平安说着，拿起小海龟，跑了出去。

平安到海边放生小海龟去了。彩云在床上躺着，平安的每句话，每个字，她都听得清清楚楚。她又辛酸，又难过，又感动得眼泪哗哗地直往下淌。听着平安的脚步走远后，彩云忍不住放声痛哭起来。痛哭之中，彩云又产生了新的念头。

彩云痛苦地想：“如果哪天我颓然倒下去，再也醒不过来了，让一个十岁的孩子，亲眼目睹他亲爱的妈妈突然之间直挺挺地倒在这里死掉了，那岂不惊了孩子？吓了孩子？伤透了孩子那颗善良、幼小的心？那将会催垮他生活的信心和勇气，让他面对他亲爱妈妈的尸体，搬也搬不走，移也移不动，完全束手无策。如若那样，不但把痛苦和悲伤留给了孩子，还要使他为难，使他无可奈何，使他惊恐害怕，甚至让他没有了安身之处。那岂不是太残酷、太残忍，太令人死而难安了吗？”她拿定主意：“倘若我躲不开死亡，我应该让我的死亡躲开孩子。我应该选择一个回避孩子的死法！”彩云想到了天鹅岛山洞里的白骨。她思来想去，最后想到：“那次地震之后，平安心有余悸，很少再去野麻地玩耍。可是，地震震塌了原有的山洞，却把原来没有山洞的山脉，震出了新的山洞。我何不到那里去看看，为自己选择一个洞穴坟墓！”

第二天，彩云忍着身体的各种不适，早早起了床。平安关心地劝阻她，说：“妈妈，你还是再睡一会儿吧，免得起早了妈妈头晕。”彩云笑着说：“我今天早上一睁眼，就觉得比往天都好。我劝自己再多睡一会儿，可是怎么睡也睡不着了，心里光想起来活动活动。”于是彩云叠床，扫地，做饭，她和平安一起干着家务。平安看见彩云忙这忙那，一副精神健旺的样子，哪里会想到彩云是在强打精神，有意安抚他。他还以为是那小海龟的妈妈，保佑了自己的妈妈，心里感到特别踏实和快慰。他高兴地想：“小海龟的妈妈果然保佑了我妈妈，这小海龟说话还真算数！”平安暗自欢喜，也不把放生小海龟的事情告诉彩云，只在心里默默地对小海龟说：“小海龟，谢谢你，谢谢你的妈妈！你们帮了我的大忙，我也保证够朋友。从今往后不管是你，还是你的爸爸、妈妈，哥哥、姐姐、弟弟、妹妹，亲戚朋友……如果你们再搁浅在海滩上，我一定会把你们送回家，把你们送回大海！绝不食言！只求你的妈妈多多保佑保佑我的妈妈！”

三

早饭后，彩云提了个建议。她亲切地对平安说：“小乖乖，今天咱们举行个活动好不好？”听说要举行活动，平安十分高兴。他笑着问：“妈妈，你想举行什么活动呀？”彩云微微一笑，胸有成竹地说：“我给活动命了个名，叫作‘让希望一帆风顺’。”接着，彩云对平安说出了自己的想法。她说：“咱俩在小树皮、小竹片上，分别简明扼要地写上文字：‘有人被困在平安岛上’‘平安岛上有人求救’……我们把这些写好字的小树皮、小竹片装进啤酒瓶里，再用木头封紧瓶口，然后把啤酒瓶抛进海里，让它随波逐流。如果我们的运气好，说不定会被人捡到，这样我们就多了一个被人发现的机会。你看怎么样？”平安一听，虽然有些舍不得那些啤酒瓶，但也觉得这是帮助他们走出大海的好办法。自从彩云病重以来，他再也不肯对妈妈有一丝一毫的违反。这时，他懂事地点点头，忍痛割爱，欢喜地拍着手，说：“好主意，好主意！妈妈真聪明，总能想出好办法来！”彩云笑着说：“你别嘴乖，奉承我！先说说，你舍不舍得你那些啤酒瓶？”平安一笑，慷慨地说：“妈妈太小看我啦！这有什么舍不得的？妈妈不是说，酒瓶大陆上多了去了嘛！”彩云颇有感触地说：“岂止是酒瓶多了去了？那酒才多了去了呢！那里白酒、黄酒、葡萄酒……各种酒都有，就看你敢不敢喝啦！”平安一本正经地，逞强说：“那有什么不敢喝的？它能比那些草药还难喝吗？只要我能回到大陆，我要把所有的酒都喝个遍！”彩云笑了，说：“到时候妈妈和你对饮，我非把你灌成个烂醉如泥的小酒鬼不可！”说着，她又说道：“无论如何，夺平安所爱，是叫人于心不忍的。小乖乖，咱们用四只瓶子漂进海里也就足够了，剩下两只还留下供你玩耍，你说好不好？”平安听了，一张黝黑的小脸儿，笑得花朵似的，红着脸说：“谢谢妈妈，还是妈妈知道平安！”母子俩相视一笑，谁也没再说话，都不禁泪光莹莹了。

彩云、平安先去找些树皮、竹子。他们把这些树皮、竹子劈开，刮净，切割成宽度小于瓶口，长度不超过小半拃的小树皮、小竹片。他们带着啤酒瓶和这些小树皮、小竹片来到海边。两人对面坐在那只独木小舟上，带着几分兴奋，几分激动，几分不安，抱着十分的希望，在那些小树皮、小竹片上，分别写下了“平安、彩云落难平安岛！”“平安岛上有落难人！”“求您救救我们！”“我们需要帮助！”“我们在平安岛上！”“我们在平安岛上，等待了十年！”……

两人凭着心意，尽其所想，随便书写。不知不觉中，仿佛是一种呐喊，抒发着多年以来，压抑在心灵深处的惆怅和悲苦。当然，无论怎样的表达形式，落款都是一致的“彩云、平安静待，急盼！”。令两人遗憾的是，他们虽然手里拿着指南针，却仍然无法报出平安岛的确切位置。

彩云、平安写出一小堆带字的小树皮、小竹片。他们把这些小树皮、小竹片统统装进了啤酒瓶里。他们虽然知道：语言表达不在于多，而在于精；此举成败，在于运气。运气好的时候，一片小树皮、小竹片，只言片语就能起大作用；运气不好的时候，再多也无用。但他们仍然十片，二十片，三十片，甚至更多地往酒瓶里塞着那些满载着他们希望和祈盼的小树皮、小竹片。好在竹、木都轻，也用不着顾忌酒瓶因超重而沉入海底。

彩云、平安忙活了一天。待到把装封好的啤酒瓶一个个都放进大海里，眼望着波涛汹涌的海水，载浮着那些啤酒瓶，起起伏伏，颠颠簸簸，渐渐远去时，两人都忍不住哭了起来。他们各人都在心里祈祷："但愿我们好运，但愿我们成功，但愿我们的希望一帆风顺！"

"让希望一帆风顺"的活动之后，彩云又做了两件大事。

首先，彩云寻机会，独自去了一趟野麻地。她在野麻地附近的区域，给自己找寻到一个比较满意的山洞。这山洞就在野麻地附近，洞前长草丛生，铃兰花遍地。选择这地方作为自己的瞑目之处，彩云颇为满意。

其次，彩云趁平安不在跟前时，给平安写了两封生离死别的信。写到悲哀伤心处时，不免凄凄哀哀，泪如泉涌；写到母子情深，欢聚同乐时，更是心绪百转，甜、酸、苦、辣，百感交集。待到彩云快把信写完时，她早已拿定了主意：如果死亡一定要在她身上降临，那么她不但不允许自己的死亡给孩子带来打击和毁灭，还要让自己的死亡为孩子托起生存下去的希望和信心。

这样又过了一月有余，彩云已经开始周身浮肿，喘息困难。她接连又昏晕了几次，每发作一回，就更厉害一回。彩云意识到，自己随时都有倒下去，再也起不来的可能。她唯恐突如其来的死亡，会使人措手不及，会使自己的计划全盘落空。尽管彩云牵肠挂肚，恋恋不舍，不愿离开平安，但是她清楚地知道，自己的离开，已经是宜早不宜迟的事了。

四

这是彩云和平安亲密相处的最后一天。

这天，天刚麻麻亮，彩云就起了床。她拖着肿胀笨重的身体，把住所打扫得干干净净，整整齐齐。彩云做好了早饭，才把平安喊醒。母子二人共进早餐，虽然平安极力反对，彩云还是主动抢着为平安盛饭夹菜。

早饭后，彩云穿上她最喜欢的麻织衣裙，戴上了用贝壳穿制成的手镯、脚镯和项链。她仔细地梳理了头发，把自己打扮得漂漂亮亮，风采犹存，俨然一个健康人的模样。她和平安又来到老榛树下，面对面坐在石头上。彩云把平安脖子上的玉虎取下来，抽掉了上面的旧绳，换上了一根崭新鲜红的红麻绳。彩云若有所思地，端详着那只光润如脂的小玉虎。往事如烟，朦朦胧胧袭上心头。她一面仔细郑重地把玉虎重新系在平安的脖子上，一面叮嘱平安："平时干活玩耍时，要小心点儿，别弄丢碰坏了。"平安低头瞧着玉虎，说："妈妈，我是属虎的，带个玉虎，你是属牛的，为什么不带个玉牛呀？"彩云正另有所思，就未加思索地脱口说："这是你妈妈给你戴上的纪念品，是亲人与亲人之间的念想和信物，哪会人人都有呢！"平安开心地一笑，说："我妈妈不就是妈妈你嘛！妈妈想带玉牛还不容易？将来见到外婆，请她老人家送给妈妈一只，我也送给妈妈一只，到时候妈妈脖子上就有两只玉牛啦！"

彩云正在后悔自己说走了嘴，听见平安如此说，立刻打趣地掩饰说："哎哟，两只牛挂在妈妈脖子上，那也太沉了，还不把妈妈的脖子坠弯？外婆送给我也就罢了，平安又为什么要送给我呢？"平安笑得满脸灿烂，认真地说："外婆是你的亲人，我也是你的亲人呀！妈妈送给孩子，孩子送给妈妈，亲人送给亲人，还不都是一样的？妈妈说难道不可以吗？"彩云心里一热，眼睛湿润了，连忙说："谢谢孩子！可以，可以。我的小平安真是个大明白！"

此时此刻，彩云面对平安的天真无邪和真挚，忽觉撒谎、掩饰和欺骗，简直就是一种犯罪和亵渎。她真想把隐藏在心里多年的秘密，一股脑都讲出来。可是彩云咬咬牙，还是忍住了。彩云在心里告诫自己："不能讲，无论如何不能讲！孩子还太小，正是脆弱年纪，万万不能伤害他那颗幼小，纯洁，善良的心。"她不由得长吁一口气，在心里暗暗责备自己："我怎么一会儿清楚，一会儿糊涂呢！无论如何要缓一缓！一定要缓一缓！让孩子长大再知道他该知道的事情吧！"

温暖的海风，像一只轻轻柔柔的小手，拂面掠过。天空和大海一样的美丽，都是那么宝莹莹的，碧蓝碧蓝的，纯净得像一匹没有任何瑕疵、漫无边际的光亮绸缎。

多好的天气呀，人也应该有个好心境！彩云努力驱散脑子里那些乱七八糟的复杂念头和思绪。她平心静气地一边给平安修指甲，削头发，一边和平安说话聊天。平安一抬头，瞅见彩云脸色焦黄，面部浮肿。他有些不安，关切地问："妈妈，这两天你觉得身体怎么样啊？"彩云淡淡一笑，平静地说："我很好，孩子。我觉得这些天比前些天强多啦！"平安仍有些不放心，说：

“我觉得妈妈的脸好像比前两天肿得更厉害了似的，你不觉得难受吗？”“不难受。”彩云摇摇头，又是一笑。她安慰平安说：“放心吧，孩子！妈妈硬朗着呢！咱们还没走出大海，妈妈不会那么容易就死的！妈妈命大，福大，造化大！这点儿小病算得了什么？！”

平安见彩云说的坦然平淡，一副无所谓的样子，心里顿时一宽。平安偶然想起彩云故事中讲的那个包治百病的神医，就不由自主地叹口气，说：“唉！我要会治病，我要是妈妈讲的那个神医就好啦！”彩云笑着说：“想当神医也不难，将来回到大陆，你可以进医学院学习。只要你刻苦钻研，医术精湛，别人看不好的病，你能看好；别人做不了的手术，你能做好，那你就是一个当之无愧的神医啦！”平安忽然忧虑地说：“妈妈，你说咱们能走出大海，回到大陆上去吗？”彩云满有把握地说：“能！怎么不能？一辈子时间长着呢！只要耐心等待，总会有机会的！就拿咱们的‘让希望一帆风顺’来讲，那些啤酒瓶漂到别人手里，需要一些时日；别人来寻找咱们，顺利的情况下，也需要些时日。如果不顺利，那就时间更长。所以，我们必须拿出百分之二百的信心，去等待百分之一百的希望！只有这样，才会不着急，不心焦，不气馁。我就从来没有怀疑过咱们的决心和愿望，我相信咱们一定会走出这汪洋大海！尤其是孩子你，小小年纪，机会更多！”平安想也没想，就脱口而出：“我不要机会更多，我只要和妈妈一起离开大海！”彩云说：“傻孩子，每个人都不可能事事如愿！但是，你一定要记住：无论何时何地，在任何情况下，都不能丧失信心。失去信心，就等于失去希望！”

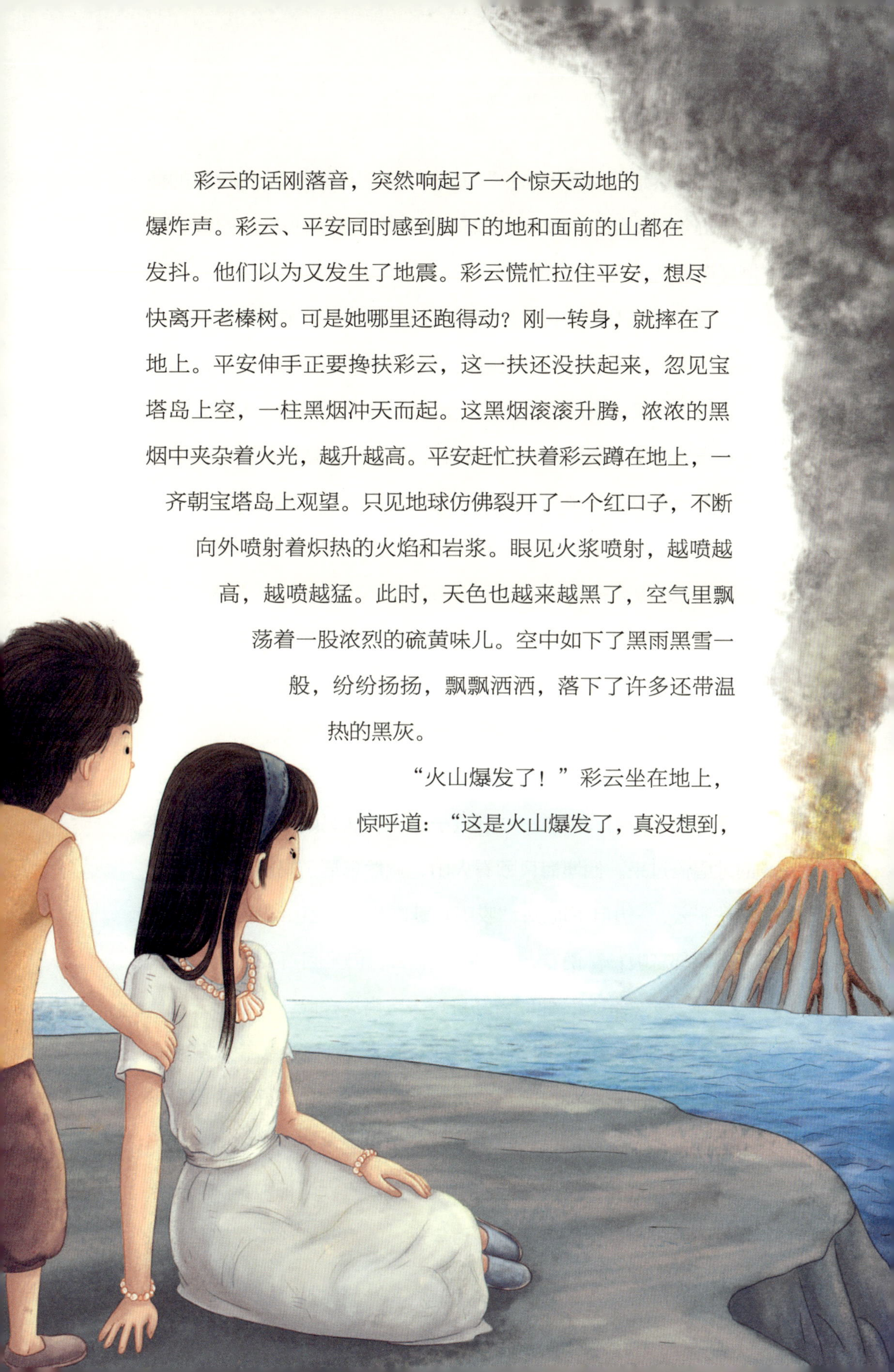

彩云的话刚落音，突然响起了一个惊天动地的爆炸声。彩云、平安同时感到脚下的地和面前的山都在发抖。他们以为又发生了地震。彩云慌忙拉住平安，想尽快离开老榛树。可是她哪里还跑得动？刚一转身，就摔在了地上。平安伸手正要搀扶彩云，这一扶还没扶起来，忽见宝塔岛上空，一柱黑烟冲天而起。这黑烟滚滚升腾，浓浓的黑烟中夹杂着火光，越升越高。平安赶忙扶着彩云蹲在地上，一齐朝宝塔岛上观望。只见地球仿佛裂开了一个红口子，不断向外喷射着炽热的火焰和岩浆。眼见火浆喷射，越喷越高，越喷越猛。此时，天色也越来越黑了，空气里飘荡着一股浓烈的硫黄味儿。空中如下了黑雨黑雪一般，纷纷扬扬，飘飘洒洒，落下了许多还带温热的黑灰。

“火山爆发了！”彩云坐在地上，惊呼道：“这是火山爆发了，真没想到，宝塔岛竟然是一座活火山！”彩云、平安从未见过火山爆发的情形，如今亲眼目睹，都感到新鲜好奇。两人禁不住兴高采烈起来，倒好像遇到了什么喜事似的。

他们隔海观望，只见许多明红灼目，灿若云霞的石流岩浆，从赤赤炎炎的火井口中急速喷向天空，又迅速坠落下来，跌回到宝塔岛上；又从宝塔岛上滚滚流淌着，源源不断泄入大海，使宝塔岛周边海域飞烟弥漫，蒸汽腾腾，如云吐雾罩一般。那熔地烧天的宏大景象，磅礴气势，真是令人惶恐震惊，大开眼界。

彩云、平安感慨万千，边看边议，即兴发挥，脱口而出。彩云说：“好像火树银花！”平安说：“好像红浪滔天！”彩云说：“好像烟花喷射！”平安说：“好像红霞落地！”彩云又说：“这是地崩石惊浆喷天！”平安又说：“这是火怪发怒要吞天！”……两人用能想到的语言，极力赞叹着眼前的奇妙景观。

彩云、平安都被火山的爆发吸引住了。彩云一跤摔倒后，此时还在地上坐着。她说：“好孩子……快扶妈妈起来！”平安这时才醒悟过来。他懊悔只顾看火山，竟然忘记了妈妈。平安一边搀扶彩云，一边自责地说：“哎呀！瞧瞧我，被火山给惊呆吓傻了，把妈妈都忘啦！”说着，赶忙扶起彩云，仍坐回石头上。

平安突然想起，他们曾经打算去宝塔岛探险，只因彩云身体不好，才迟迟未去。这时，他庆幸地对彩云说：“妈妈，也忒悬啦！幸亏咱俩没去宝塔岛探险！要是赶上今天去了，正好火山爆发，那可就危险了。到时候跑也跑不及，逃也逃不掉，还不得被活活烧成灰，化成水？我一想起来，就觉得简直太可怕啦！”彩云笑着说：“要真赶今天去了，千百年后，咱娘儿俩还不都成了珍贵的化石标本了，到那时候，咱可就身价百倍啦！”

母子二人说笑着，彩云替平安擦着脸上的火山灰，安抚着他：“好孩子，你别紧张，别害怕！你瞧瞧，这机会说到就到！这火山一爆发，远远胜过发射许多颗信号弹，比咱以前做的任何努力都有用。你就等着瞧吧！要不了多久，那些好奇者、探险者、研究者，就该往这里疯跑了。好孩子，你记住：现在的机会和希望比以往任何时候都更多、更大了。你一定要有耐心，要坚持住！咱们的愿望很快就能实现了！”

平安听彩云这么一说，真是又激动，又高兴。他纠正彩云，说：“妈妈，应该说咱俩一定要有耐心，要坚持住！咱们就要走出大海啦！妈妈，你千万要打起精神，要好起来……”平安说着说着，眼圈就红了。彩云心里又是一阵难过，鼻子一酸，泪水模糊了双眼。可她努力控制着自己的情绪，淡淡地一笑，说：“好孩子，你就放心吧，我好着呢！我还要为咱们早日走出大海尽最大的努力呢！”

五

火山喷发了一整天，直到深夜才停止。火山的爆发，让平安岛周围的海水都暖了，远远传来的辐射热，令人感觉恰似进入了骄阳似火的三伏天。岛上的树木，花草，山石，到处都覆盖了一层厚厚的火山灰。

深夜，一整天都在激动和兴奋中度过的平安，早已酣睡如泥。彩云本想咬着牙，忍着难耐的痛苦，把火山爆发的情形，写进《海岛拾零》。但她想了想，临时改变了主意。她只打开写给平安的第一封信，加上了两句话。这之后，她就坐在平安床边，借着蓖麻灯的光亮，久久地注视着平安。

她端详着平安的小脸儿，抚摸抚摸平安的头，理理他的头发，替他拉拉被子。最后，彩云轻轻握住了平安的左手，她注视着那块红苹果胎记，忍不住泪如泉涌，心似刀绞。她默默地悲泣着，只觉得五脏六腑，浑身上下的每个细胞都在痛。对彩云来讲，平安就是她的心，她的命，她的一切。她可以没有自己，但不可以没有平安。可是在她即将永远离开孩子，和孩子生离死别时，虽然面对面，却不能有一句告别的话。这也太悲哀，太残酷，太不公平，太无人道了。彩云真想大哭，大喊，大声质问老天爷："为什么这样对待我？为什么给了我孩子，又要让我离开他？为什么……这是为什么？"

彩云实在不忍心离开她亲爱的孩子。他才只有十岁，实在是太小，太小了……他还没长大，他还没成人。彩云不放心，不放心呀！彩云又开始犹豫、彷徨起来，她简直要动摇了，要妥协了，她真想取消自己的决心和计划。可恶的猫头鹰，又开始发出凄厉的"呱呱"的叫声，就好像在催活人进入坟墓似的。这时平安突然翻个身儿，嘴里嘟嘟囔囔地梦呓着："我不要机会更多，我只要……只要跟妈妈一起走……"彩云吓了一大跳，立刻慌张地站了起来。她咬咬牙，在心里对自己说："彩云呀彩云，你是胆小鬼，是懦夫，你没出息……"彩云再也不容自己有片刻的犹豫。她步履蹒跚地走出那为她遮风避雨十载的山洞，离开了她最亲爱，视之如命的孩子，平安。永远地离开了！

彩云满怀悲伤凄苦，一步一回头地来到海边，爬上了独木舟。她挥泪如雨，呜呜咽咽地划着双桨，沿海岸向平安岛东北方向，朝清溪河入海口方向驶去。

正是夜深潮涨时，河水和海水几乎没什么落差。海水托浮着小舟，彩云没费太大周折，就已经驶入清溪河。逆水行舟，幸亏清溪河河道较为平缓，她花了大约一个多时辰，总算到达了野麻地流域。

彩云一步一喘，当她十分艰难地把木舟拖进山洞时，天色已经微明。

彩云最后看着那些山，那些水，那些植物，和那些早起的小鸟儿、小动物，望着那已经沉寂了的宝塔山。她不由自主地又想起了小平安……当然，也想起了自己年迈的父母，和那些一向善待她的亲友。彩云心潮澎湃，思绪万千，只觉得自己就是一座待吐欲喷的火山。她想呐喊，想呼叫，但她已没了力气。她点燃火把，走进山洞，坐在事先铺垫好的茅草枯叶上。她咬紧牙关，用树皮和树枝笔一字一泪地写着自己的心声……

太阳出来了。彩云感觉好累，好累……她孤独地躺在寂静冰冷的山洞里。这一躺下去，就再也没起来……弥留之际，彩云思绪萦绕，心怀牵挂，突然又萌生一个念头，只在心里说："急不可待！精卫只知衔木石填海未免太慢了，我死后只愿变成一只胭脂鸟，把信息尽快送出去，把我的小平安，尽早救出这茫茫大海，尽早救出这茫茫大海……"彩云咽气的一刹那间，灵魂不屈，竟是如一缕清风，飞出躯体，幻化成了一只胭脂鸟。这胭脂鸟在平安岛上空盘转飞翔，阵阵欢鸣后，飞向了远方。

第十三章 归航

GUIHANG

一

再说平安。清晨，平安醒来，他习惯地喊了两声“妈妈”，却不见有人应声。他身着小衣，起来撒尿，看看住所内外，都不见人影。平安一边穿衣服，一边想：“妈妈又去赶海了。我真该死，又起晚啦！”平安穿起衣服，转身刚要出去，蓦然看见彩云床上放着的两封信。平安心中纳闷，拿起来一看，第一封信的那块树皮上方写着：“现在阅读。”他再往下看，只见彩云在信中是这样写的：

亲爱的孩子平安：

妈妈暂时出趟远门。妈妈驾着小舟，去迎接那些寻找咱们，营救咱们的人了。毕竟长途航行不方便，因怕你要跟着，我才事先没有告诉你，请你原谅妈妈的不辞而别。不过你放心，孩子，不管我走多远，离开多长时间，我都一定会回来找你的。

妈妈想趁着身体还可以，趁着“让希望一帆风顺”活动和火山爆发带来的机遇，为咱们早日脱离苦海做点努力。好孩子，你一定要记住：“放弃信心，就等于放弃希望！”我的平安长大了嘛，他是个小男子汉！好孩子，你要坚定不移地等着我。我就是走到天边，也一定要回来找你的！你一定要好好等着我！说不定哪天，我会突然带着一条大船，带着许多人，出现在你面前。

你要好好吃饭，好好睡觉，好好学习，好好生活！小心别着凉，别吃坏东西，万一感冒了，你就熬点菘蓝根水喝。你要时刻注意自己的安全，睡觉时一定要关好洞门。在海边游泳时，千万记住，别离海岸太远。在岛上拾柴，挖野菜，玩耍时，手里要拿根小竹棍，以防蛇虫野兽伤害。总之，你要事事谨慎，时时关爱自己的生命。还有，妈妈教过你的，秋播夏收，你一定要种好咱们的麦地。

我的好孩子，妈妈可离不开你呀！为了你，妈妈也一定要好好活着！乖宝贝儿，要记住，你为了妈妈，也一定要好好地生活。你一定要好好地，耐心地等着我！好孩子，不知道你能不能理解妈妈？我一定要为咱们早日脱离苦海，尽最大的努力！

妈妈眼下的壮举，是为了咱今后能够生活得更好。你一定要听话，要坚强，要勇敢，要有信心呀！还有，妈妈为防万一，给你另写了第二封信，是留给你长大，到十八岁，才可以阅读的。如有人到岛上来，可以提前阅读。

孩子，你千万别伤心。凡事往好处努力，往坏处打算，我不过是为了以防万一。不过，你一定要守信用，万一妈妈没回来，你一定要长到十八岁，才能看第二封信。平安，我的好孩子，你一定要听妈妈的话哟！妈妈和你拉钩了！亲爱的好孩子，妈妈狠狠，狠狠香你一口！！记住，我一定会回来找你的，你要耐心等待，一定要耐心等待！！！

世界上最亲最爱你的人

妈妈：彩云

小注：妈妈拜托你一件事，请把火山爆发的情景，替妈妈写进《海岛拾零》。如果你愿意，妈妈不在的时候，你可以接着续写《海岛拾零》。妈妈相信你比妈妈写的更棒，更精彩。

平安读着信，呜呜地哭了起来。他边哭边哽哽咽咽地续叨着说：“哦……妈妈……哦……妈妈……为什么不带上我……为什么不带上我……”平安哭着，匆忙读完第一封信。他拿起第二封信，第二封信外面厚厚地包着好几层麻布，最外面那层麻布上写着：“平安十八岁再读。平安不会忘记妈妈的再三叮嘱，平安是个最守信用的孩子……”平安一面哭泣，一面收起两封信。他把两封信珍藏在自己的枕下，抹着眼泪，向海边跑去。

二

平安跑到海边，只见薄薄的晨雾笼罩着波涛汹涌的大海，放眼一望，满目都是水淼淼、苍茫茫的一片。除了那些上下翻飞的海燕，海鸥和默然耸立的礁石之外，什么也瞧不见。平安泪流满面地向着大海，高声呼喊："妈妈……妈妈……"回应他的唯有那些绵长而深远的回音："妈妈……妈妈……带上我……"平安喊哑了嗓子，流尽了泪……他失望无奈地返回住处，爬上了住处所在的那座小山。他站在山顶上，翘首远眺烟波浩渺的大海，期盼着他亲爱的妈妈，能够早日归来。

这天，平安一整天没吃东西。他在山顶上坐到天黑，才回家睡觉。第二天，平安吃过早饭，带着干粮，又上了山。他仍是在山顶上坐等了一整天，直到天黑才下山。

到了第三天，平安带着树皮和树枝笔，仍到山顶上坐等。他要一面替妈妈续写《海岛拾零》，一面等候妈妈的归来。中午的时候，平安正歇眼睛，吃干粮。突然有只十分美丽的胭脂鸟，一会儿飞向他的头顶，绕空欢叫；一会儿飞向大海深处，在海面上欢鸣。它的往返重复飞行欢叫，立刻引起了平安的注意。平安随着胭脂鸟的指引，向海面上瞭望，只见在刺眼的阳光下，深蓝色的海洋里，有个小黑点儿。那小黑点儿正在向平安岛这边移动，越来越近，越来越大。

起初平安还以为是只鲨鱼呢，到后来，他看清楚了，那是一条小舟。莫非是妈妈回来了？平安惊喜地从地上跳起来，准备跑去迎接。只见这只小舟，要比平安他们的小舟快得多，它像一只海鸥一样，擦着海水滑翔，转眼之间，已经到了眼前。平安失望了。他看见小舟上坐着一男一女两个人，是根本不认识的陌生人。平安从没见过陌生人。这时，他不免有些胆怯害怕，甚至有些惊慌失措。只见那小舟停靠在平安岛的海岸边，上面的那两个人一跃上了沙滩。他们好像看见了平安，径直向山顶走来。那只胭脂鸟一路欢唱着，飞翔在他们的头顶上空。

平安从来没接触过彩云以外的其他人。不过，这两个陌生人倒也不凶恶。那个黑乎乎的男士好像有点儿激动。他弯下腰，审视着平安，微笑着说：“请问……你是平安吗？”平安心有芥蒂地，向后退了一步，没吱声。那位女

士更为和蔼，她从背包里拿出一只啤酒瓶，含泪微笑着说：“孩子，这……这是你的东西吗？”平安一看，这正是他和妈妈放进海里漂走的啤酒瓶，里面仍然还装着那些小树皮和小竹片。平安板着小脸，说：“你怎么捡了我们的啤酒瓶？”那男士指指空中的胭脂鸟，笑着说：“我们虽然有了这只啤酒瓶，可我们仍然不知道平安岛的确切位置，多亏这只美丽的小鸟，给我们指引了道路。”那女士好像在有意努力控制着自己，她眼睛里噙着的泪水，在眼眶里转啊转地……还是涌了出来。她盯着平安脖子上的玉虎，迫不及待地颤声问：“孩子，你左手手心里长着一块红苹果形的胎记对吗？”平安不由自主地将手一缩，攥紧了拳头，纳闷地问：“你怎么知道？”突然那女士情绪异乎寻常地激动起来。她眼泪“唰唰”地往外流淌着，浑身颤抖，望着平安，哽哽咽咽地说：“平安……孩子……我可怜的孩子……找着你了，我总算找着你了……”那女士哭着说着，忍不住伸开双臂，就要上去拥抱平安。平安往旁边一闪，慌忙躲开了。那女士带着一种渴望而祈盼的眼神，又悲又喜地凝视着平安，泪眼婆娑地说：“孩子，我就是你的亲妈妈呀！我属虎，你也属虎。你脖子上这只玉虎，就是咱娘俩生死离别时，我从自己脖子上取下来，戴在你脖子上的呀！”平安惊恐地向后退着，说：“胡说，胡说，你胡说……”“瞧你，你别太唐突了！别吓了孩子！”那男士拉住女士的胳膊，极力劝阻着。他特别和蔼，赔着小心地问平安：“彩云女士是你的妈妈，对不对？她现在在哪儿？”一提到彩云，平安立刻激动起来。他涨红了小脸，含着泪说：“我妈妈走了，我妈妈到大海里接你们去啦！”那位男士和女士交换了一下眼光，男士又问：“她临走时，留下什么话没有？”“有，”平安说，“有信。”说罢，他飞步下山，往住处跑去。两个人紧紧在他后面跟着，也下了山。

这两个陌生人，正是平安的亲生父母张少阳和李思华。那年海难时，他俩熬过漫长的黑夜，幸运地被一艘过往的船只救了起来。许多年以来，张少阳和李思华一直惦念着他们离散多年的孩子，总觉得他们的小平安还活着。两人一直不肯放弃，寻找着他们的孩子。为了寻找孩子，他们辞去了原来的工作，重新谋求了一份海洋打捞公司的工作。

这些年，他们为了寻找平安，几乎跑遍了太平洋周边国家的所有港口，都一无所获。正当他们焦急失望的时候，他们跟随打捞队，来到了这带海域。这带海域他们以前来过，也曾经到港口有关部门打听过平安的消息，得到的也是同样的失望。但是，这次两人既然又来了，他们仍然想碰碰运气，要亲自往海里找一找。

张少阳和李思华申请了假期，却仍随海轮下海，每天都在海里转来转去。有一天，他们侥幸地捡到了这只啤酒瓶，阅读了啤酒瓶里那些小树皮、小竹片上的所有求救内容。这个意外的收获，简直使张少阳和李思华欣喜若狂。可是，平安岛究竟在哪里呢？他们逢岛就找，逢岛就寻。正在无助无奈焦急时，偶然看见宝塔岛这边火山爆发，俩人就驾着快艇向这边寻来。半路上，火山熄灭了，只见海面上水淼淼的汪洋一片，两人很快失去了目标。这时候，正好飞来了一只美丽的小鸟，那小鸟一路欢叫引领着他们，朝这个方向驶了过来。

这天，两人终于来到了平安岛海域。他们在海上的时候，就

已经没有了机会。

另外，妈妈我的家乡在山西织女峰下，牛郎河边，天合村头。我家门前有颗大槐树，我父亲叫田奇玉，母亲叫冯巧儿。他们二老靠卖豆腐为生，供我上大学。我公派出国留学，一去未归。我原想学成归国，回报社会，孝敬父母，谁知夙愿难圆，此生再无归期。如果孩子你能平安回到大陆，烦请你前去探望一次，给予安抚。

木舟和我，都在野麻地的山洞里（洞口前面生有一片铃兰花）。

最最爱你的妈妈

彩云

平安边读信边啼哭，待到读完信，知道了彩云的藏身之处，他疯了似的，大喊着：“妈妈……”就向野麻地方向奔去。

平安、张少阳、李思华很快就找到了彩云藏身的那个山洞。此时，彩云早已气断身亡了两天。好在山洞清凉，尸身未腐，虽死犹生。平安一看见彩云的尸身，只觉得天塌地陷，肝肠寸断。他扑在彩云身上，紧紧抱住彩云的身体，发出撕心裂肺的哭嚎声：“妈妈……妈妈……你为什么要骗我……妈妈……妈妈……你为什么不要我啦……为什么不要我……妈妈你不能死……不能死……我不让你……死……不让……你死……”张少阳和李思华在一旁也潸然泪下。他们几次哄劝平安，都无济于事，也只好由着他尽情痛哭。

李思华涕泪交流中，蓦然看见彩云左手边，有一块写满文字的树皮。她拿起来看时，只见上面写着几首小诗。

其一：

声声泪，滴滴血，
唱尽悲歌千声哀。
来生化作精卫鸟，
久衔木石填沧海。

其二：

祈盼海帆眼欲穿，
无奈洞穴白骨残。
化作清风把信送，
老天佑我小平安。

其三：

黎明将近方合眼，
身生双翼回故园。
父母牵手清啼流，
询寒问暖逐笑颜。

老父捧出豆花碗，
老母托出新衣衫。
新衫胜似神仙衣，
豆花味美胜国宴。

少时姐妹送绣绢，
邻家大婶送茶蛋。
亲情友情透肺腑，
醒来方知在梦间。

这几首小诗，更把李思华看得痛哭不已。李思华想："我和张少阳，与彩云萍水相逢，无亲无故。彩云却在逆境里，替我们夫妇尽着责任和义务。彩云抚养平安，关爱平安，呵护平安，待平安比亲生的孩子还要细致入微，真诚恳切，疼爱备至。她真是一位无私善良、意志坚强、品行高洁的好母亲！"想到这里，李思华不由得对彩云更加肃然起敬了。

四

张少阳、李思华和平安商量，决定把彩云安葬在老榛树旁。这里依山面水，平坦开阔，是彩云生前喜欢的地方。开挖墓穴的时候，平安一边用木锨掘土，一边默默流泪。从始至终，他没说一句话。

平安、李思华、张少阳把小木舟两端的座位剔掉，让彩云躺在了木舟里。下葬那天，平安拿了龟梳和蚌盆，替彩云梳洗。他一边替彩云梳头洗脸，一边泪如泉涌地淌着眼泪，一边悲悲切切地说：“妈妈……平常都是你帮我洗……洗脸……梳头……今天……儿子……儿子也给你洗……洗脸梳头了……”平安说着说着，忍不住泪如雨下，久泣不止……张少阳、李思华在一旁看着，也都倍感心酸难过，禁不住泪水奔流……

平安、李思华、张少阳采来了许多鲜花和芳草。他们把鲜花和芳草编成一个个大小不等的花环，按照彩云生前的喜好，分别给彩云戴在了头上，脖子上，手腕和脚腕上。平安还特意寻来了一些洁白如玉，芳香宜人的铃兰花，放在了彩云耳畔。他一边把鲜花和芳草铺在彩云身下，撒在彩云身上，一边泣不成声地说：“妈妈……我知道你最爱美……最爱漂亮……就让这些美丽的鲜花和芳草……给你做被褥吧……”

这时，小百灵率领着它的部下们，也带着鲜花和芳草赶来了。它们学着人的样子，把鲜花和芳草撒进木舟里，撒在彩云身上。平安把彩云生前特别珍爱的那只“大清雍正年制”的青花瓷碗和

高脚杯，作为陪葬放在了彩云身边。他一边呜呜咽咽地哭着，一边从自己脖子上摘下那只小玉虎，凄凄哀哀地说：“妈妈……我知道你最疼我……爱我……我也最疼您爱您……就让这只小玉虎代……代替我，陪在您身边吧……”他说着，把玉虎戴在了彩云脖子上。

当张少阳、李思华抬着小木舟，把入殓了的彩云往墓穴里安放时，平安突然大放悲声，像疯了似的扑了上去。他牢牢地拽着木舟，死也不肯松手。他号啕大哭着，说：“不要……不要……不要埋我的……妈妈，不要……妈妈……您不能扔下我……妈妈……您带着平安一起走……一起走……哦……妈妈……妈妈……带着我……带着……我……一起走……一起走……”

张少阳、李思华好不容易才把木舟放进墓穴里。平安哭着喊着，拼了命地挣扎着，就要往墓坑里跳。李思华哭着，拦腰抱住平安。张少阳看着平安悲伤的样子，心中实在不忍。他劝慰平安说：“好孩子，入土为安。咱应该让你的彩云妈妈早些安息啊！”平安涕泪并流，十分绝望地看着张少阳，哀伤地恳求说：“我求求……求求你……别埋……别埋……别埋我的妈妈……”张少阳流着眼泪，还想安慰平安。李思华流着眼泪厉声说：“你还不赶快盖土，你想让孩子哭坏呀！”一句话提醒了张少阳，他慌忙拿起木锨往墓坑里盖土。这边平安哭着，挣扎着，向前扑着，直着嗓子哭喊：“不要……不要……不要埋……不要埋……妈妈……妈妈……我要我的妈妈……妈妈带着我一起走……”待到把彩云的坟头立起来，平安已经哭得筋疲力尽，昏昏沉沉地瘫倒在李思华怀里。

小百灵它们也参加了彩云的葬礼。

那些小猴儿们看见眼前凄凄惨惨的情景，个个脸上也都流露出极其悲痛凄伤的神情。

它们一失往日的灵动和顽皮，规规矩矩、整整齐齐、十分严肃而哀伤地站在彩云的坟前，长久地垂下头，默默无声地哀悼，不少猴儿们都悲伤地流淌着眼泪。

正当张少阳、李思华哄劝平安时，忽然隐隐约约听到了鸟的悲鸣声。只觉得有几只鸟儿陆续飞来了。渐渐地，悲鸣声大了，鸟儿多了。待到几人抬头看时，就见胭脂鸟飞来了，天鹅飞来了，太阳鸟飞来了，夜莺飞来了，黄鹂、仙鹤飞来了，海燕、海鸥也飞来了……好多不知名的鸟儿都飞来了。“喊喊，唧唧，喳喳，啾啾……”众鸟盘旋着，飞翔着，不断发出阵阵悲鸣声，就像一支庞大的吊唁送葬队，给墓地上空搭起一个无比宽广的凉棚。

这些鸟儿们的到来，惊得平安蓦然忍悲止啼。平安、张少阳、李思华，还有小百灵它们，一齐观望天空，注视百鸟。只见有的鸟叼着鲜花，有的鸟叼着芳草，有的鸟衔着花瓣，有的鸟衔着红叶。平安清楚地看见，胭脂鸟衔着的是彩云生前最喜爱的铃兰花。

只听仙鹤一声长鸣，就像下了一道命令，众鸟把鲜花、芳草、花瓣、红叶一齐撒向大地。于是，天上飘飘洒洒就像下了一场花雨，眼见鲜花、芳草、花瓣、红叶，纷纷扬扬，飘飘荡荡，摇摇曳曳，落在了彩云的坟墓上；落在了众人的身上，脚下；落在了树上，草上；落得满山遍野，处处皆是。在场的人、猴儿见了，无不惊诧、愕异。尤其是张少阳、李思华，看见猴子们那么有情有义，已觉十分奇特，待看到这悲壮宏大的场面，更觉不可思议。

如若不是亲眼所见，任凭怎么说，也觉是匪夷所思。张少阳惊叹地说：“这真是个人、兽、飞禽共和的国度！”李思华感慨地说：“彩云拥有凡人的生活,神人的魅力！连飞禽走兽都前来悼念她，真是超凡脱俗，异乎寻常！”张少阳激动地对平安说：“好孩子，你节哀顺变吧！我敢说，世界上任谁的职务再高，权力再大，也不会有这么隆重、壮观、庞大、神奇的葬礼。我想你的彩云妈妈若有灵知，一定会笑傲九泉的！”

看着众鸟散尽，张少阳搬来了一块扁平的长石，矗立在彩云的坟前，当作墓碑。他把软树皮卷紧了，当作毛笔，蘸着多种植物配成的，不易脱色的红色汁液，在墓碑上书写了：

爱之女神——彩云妈妈之墓

儿子平安敬立

五

埋葬了彩云的次日。张少阳、李思华清晨醒来，瞧见平安不在，都有些不放心，赶忙出外寻找。两人走出山洞，只见老榛树下，彩云坟前，寂静冷清，昨天撒下的花草依旧，然而平安不在。张少阳、李思华把住所附近和海边都寻了个遍，也没瞧见平安的人影。两人心中十分焦急，均想：“这孩子到底到哪里去了呢？”一时间，都忐忑不安起来。他们一路呼唤着，朝岛内寻去。张少阳和李思华来到小石山，小百灵它们还在睡懒觉，显然平安也不在。

两人只好继续往前找，又走了一段路程，来到了清溪河边。只见河边的草地上鲜花开得灿灿烂烂，花端草尖上都挂着晶莹的露珠。因为时间尚早，沿河两岸的草地上一片宁静。蝴蝶蜜蜂还没出来，仙鹤还在立草而栖，鸳鸯还在卧花而眠。张少阳、李思华远远看见平安正在草丛中采摘花草。两人那悬着的心，这才算落了地。

李思华欢喜地跑过去，高兴地喊了声："平安！"平安却头也不抬一下，自顾自地采他的花草。李思华走到平安跟前，温和亲切地说："平安，怎么醒这么早？你冷不冷？快跟爸爸妈妈回去吃早饭吧！"平安冷着脸，一转身，向旁边采着花草走了过去，那样子就像没瞧见李思华一样。李思华追上去，伸手拉住平安的手，哄劝道："好孩子，听话，快跟妈妈回去吧！""放开我！"平安一甩胳膊，抽回了手，含着眼泪愤怒地盯着李思华，说："你不是我妈妈！我妈妈死了！你是个狠心的人，你还高兴，你还笑！"李思华一下子愣住了。她满脸涨得通红，神情狼狈地一句话也说不出来。

这时张少阳走过来，沉着脸说："平安，你不能这么说！我知道，你失去了彩云妈妈很伤心，我们也很伤心，可这是没有办法的事！"这时，李思华眼泪哗哗地流了下来，她抽抽噎噎地哭着，分辩说："孩子，你这么说，不公平。我哪是高兴？哪是笑？我不过是担心你，找你找的着急了，忽然看见你，心里猛一松快，暂时忘记了悲伤。孩子，我知道你为了彩云妈妈的去世伤透了心，其实我心里也很悲伤难过。我说这话，不知你信不信？如果现在让我死，换你彩云妈妈活，我都甘心情愿。我知道我很对不起你，很对不起你的彩云妈妈，你的彩云妈妈为了我和我的孩子，吃尽了苦头，而你出生不到一天就离开了我。如今你已经十岁，长有半人多高了，我没喂过你一口汤水，没给过你一针一线，没好好照顾过你一天。作为母亲，我没能尽一丝一毫的责任，我感到特别遗憾！自从见到你的那一刻起，我无时无刻不在内疚自责，可是这又有什么办法呢？无论如何，我将来一定要想办法，努力去补偿你和你的彩云妈妈！”

张少阳走到平安跟前，劝慰地说：“好孩子，你就别再伤你妈妈的心啦！这些年，为了寻找你，她吃尽了苦头，受尽了累。她经常做梦梦见你。梦见你哭，梦见你笑，梦见你被恶狼追咬，梦见你被仙女搭救。这仙女，可不就是你的彩云妈妈嘛！为了寻找你，你妈妈一直坚持不再要孩子！好孩子，妈妈和爸爸对你的思念，等你长大了，或许等将来你有了孩子，你才会理解。平安，该说的我们都给你说了，你彩云妈妈信中也写得很清楚，你不应该再怀疑我们是不是你的生身父母。至于你的彩云妈妈，人死不能复生，咱们实在无回天之力呀！”他说着，略微一停，又说：“昨天夜里，你睡着的时候，你妈妈和我商量，我们打算辞去现在的工作，归国迁回东方明珠市居住。我们准备把你的外公外婆，也就是你彩云妈妈的爸爸妈妈，接到我们身边，我们一定尽心尽力地照顾两位老人，让他们安度晚年，多享几年清福。我们一定要尽好做儿女的责任，为两位老人家养老送终。到那时候，你也好好尽尽外孙的孝心。”

张少阳说得真挚诚恳，平安听着，扑嗒扑嗒直掉眼泪，也没再吱声。张少阳走近平安，亲切地说：“好孩子，回去吃早饭吧！”

他说着，伸手想抚摩平安的头。平安却脑袋一低，拔腿跑了。

六

这之后，平安仍旧不肯离开平安岛。张少阳、李思华只好留下来陪伴着他。

张少阳、李思华每日无事，却又无心游览美丽迷人的海岛风光。有时两人想从平安那里了解一些彩云和平安在岛上的生活情况，无奈平安总显出一副拒人千里的冷漠。他总问一句，答一句，不肯多说半句话。如果要多问他几句，他用目光一扫住处的陈设，回答得更简单，说：“你们看吧！”

因此，张少阳，李思华除了偶尔在海边坐坐，大部分时间，都是在住处清理彩云和平安的生活用品及彩云的遗物。

张少阳、李思华亲眼目睹了彩云、平安日常使用的那些蚌盆、竹杯、木勺和贝类碗盏；亲眼目睹了那些木锨、木锄、石锯、鱼骨针、松枝火把、艾草绳、蓖麻灯；亲眼目睹了贝壳项链、手镯，及蛤蛎壳里盛的“铃兰玉草香露”和“铃兰玉草润肤霜”。每当这时，他们恍恍惚惚地仿佛被人引进了遥远的原始部落。

可是，当张少阳、李思华阅读了彩云在树皮上写的《海岛拾零》，当他们翻阅彩云用树叶为平安编写的语文、算术、历史、自然和美术等教材，还有一本简易小字典时，他们赫然又看到了近代社会的文明。他俩查阅了平安平时的练习和作业，了解到平安所学到的知识，甚至比大陆上同龄的孩子们所学的课程还要丰富，还有深度。

尤其，当张少阳，李思华看见了彩云和平安营造的麦田和日晷，并且很不容易地从平安口中得知了一些创造开发的过程时，两人更是在感慨、惊叹之余，又对彩云平添了无限敬佩和感动，甚至是崇拜。

特别是当李思华打开那只樟木箱子，除看见箱子盖上的"里"字表外，又看见满满一箱子，整整齐齐，全都是崭新的平安的衣、帽、鞋、袜时，更是激动不已。她一样一样地查看着，掂起一件最大的男式针织麻衫，只见织艺细致，图案精美。她展开衣服，给张少阳看，含泪说："你看看，这件衣服织得多漂亮！又这么大，只怕平安长到十八岁、二十岁才能穿呢。这箱子里的衣服，一件比一件大一寸，鞋袜一双比一双大一分，这么满满当当的一箱子，得多少工夫啊！可见彩云对自己的身体状况早已心中有数，她赶早做准备，把孩子长大成人的衣服都预备下了。她这样的心劲儿，这样的周全，这样的疼人爱人，只怕我这一辈子也难以企及。难怪平安这么爱他的彩云妈妈！往后恐怕我拿出十倍的努力，也难在平安心目中有一席之地呀！"李思华说着，禁不住两行清泪涔涔而下。

张少阳抚摸着李思华的肩头，温和地说："快别这样说，你毕竟是他的亲生母亲嘛！"他说着，叹一口气，又说："咱也应该学学彩云这种伟大无私的爱，往后咱也不图孝敬和回报，只看着孩子将来生活得好，也就知足啦！"

日子一天天过去了，平安仍旧沉浸在悲伤中。他每天懒吃少睡，总到彩云墓前默站流泪。张少阳、李思华看着，都觉得这样下去也不是办法。两人商量，都觉得应该尽快说服平安，让他早日离开平安岛。他们准备和平安好好谈谈！

明天，预约前来接快艇的海轮就到了指定海域。这天晚上，张少阳拉住平安的手，郑重而严肃地说："好孩子，你应该知道，你彩云妈妈所做的一切都是为了你。她为了你能生活得更好，为了你能早日走出大海，返回大陆，付出了多少心血和精力啊！你应该好好听她的话，早日跟着我们回到大陆上去。只有这样，你彩云妈妈的灵魂才能真正得到安息呀！"

李思华揽住平安的肩头，轻声细语地说："是呀！你彩云妈妈在信中对你的再三叮嘱，咱可不能忘记呀！咱们应该听她的话，早日回到大陆上去。你到大陆上去受教育，学知识，等你长大成人，去当一名好医生，好教师，科学家……也算不辜负你彩云妈妈的一片苦心。再说，你往后还可以再回到平安岛上来探望你的彩云妈妈嘛！"张少阳接着说："是啊！到时候我们陪着你，咱们全家一起来！"

平安含着泪，说："我要把我妈妈搬回大陆上去！"张少阳和李思华听了，相视一愣，随即会意地点点头，张少阳说："这个主意不错！下次再来，咱们替你彩云妈妈迁坟！"李思华动情而伤感地说："你彩云妈妈活着的时候没能走出大海，如今她人不在了，我们应该让她了结夙愿，回到自己的祖国，咱们有责任把她的尸骨安葬在她的山西老家。"

张少阳、李思华苦口婆心地和平安谈到半夜，总算说服了平安。他们决定明天上午离开平安岛。

七

第二天早晨，平安、张少阳、李思华草草吃了早餐，就准备动身。临行前，原来彩云给平安编织的衣帽鞋袜，仍原样放在樟木箱子里没动。平安把彩云的《海岛拾零》放进箱子里，又捡了几样他喜爱的东西带上，三人这才提着箱子，离开了住处。三人一起来到彩云坟前，平安“咕咚”一声跪在地上，叩了三个响头。平安的眼泪像小河一样在脸上流淌着，忍不住地又是一阵痛哭。平安一边哭，一边呜呜咽咽地说：“妈妈……再见……你等着我……我会……回来的……我一定会回来……接你……”

三人一起往海边走去。平安一路走，一路抹眼泪。他们都伤感地沉默着，谁也没有说话。眼看快到海边时，李思华突然“咦”的一声惊叫起来。平安和张少阳顺着她的目光看过去，只见小百灵领着它的部下们，正上蹿下跳地在快艇上玩耍。小百灵它们看见来了人，连忙从快艇上跳了下来。这些猴子们一蹿三跳地来到平安跟前，它们围着平安，有的拉着平安的手，有的拽住他的衣服，一个最小最顽皮的小猴儿，一纵身跳起来，蹲在了平安的肩头上。平安抚摸抚摸这个，安抚安抚那个，亲亲切切地，给猴子们说着话。平安叮嘱小百灵，说：“小百灵，我暂时出趟远门，拜托你，常到我妈妈坟前看看，给我妈妈扫扫墓，献上一束鲜花！”说着，在沙滩上站住。他用手理着小百灵身上雪白的长毛，又叮嘱说：“记住！我可是拜托你了，你千万不能怠慢！另外，你要记住我妈妈的话，一定要善待你的部下呀！”小百灵恋恋不舍地望着平安，一副唯命是从，身兼重负的模样。平安和小百灵它们亲密友好，如兄弟朋友一般的友情，更令张少阳、李思华耳目一新，惊叹不已。

朝霞漫天，绚丽璀璨的彩云托起一轮红太阳，照耀着金汤似的海水。快艇一转，缓缓离开海岸。平安伫立在快艇上，瞩目凝望着平安岛。当平安看见老榛树下，彩云的那座孤坟时，他又禁不住潸然泪下了。平安感到心里一阵阵绞痛。他在心里默默地说：“再见了，妈妈！再见了，妈妈！我会回来的，我一定会回来的！”平安默默地向老榛树下亲爱的妈妈告别，向站在沙滩上，目送他远行的小百灵它们告别！向平安岛上的山山水水，花花草草告别……

海风吹拂，波涛涌动。快艇像条银鱼一般，飞也似的在海面上滑行。蓦然，有一只胭脂鸟，宛如一位送客导航的领航员，在快艇前面飞上飞下，时不时地发出阵阵“回航，回航”的欢鸣声。平安只觉这只胭脂鸟的叫声好清脆，好耳熟。他突然惊呼，说：“这胭脂鸟的叫声，好像妈妈的歌声！”一时间，说不尽的依恋和酸楚填满了平安的心胸肺腑。眼看着平安岛迅速远去，一转眼，平安岛仿佛变成了一片在海面上飘零的小树叶，在海水里一荡一荡的；又一转眼，那片小树叶已经淹没在烟波浩渺的大海中不见了。平安无声无息地淌着眼泪，数天之间，他突然长大了许多，许多……

枫岭

2012-11-27

于城北路